BEFORE

AFTER

ANNA TODD

NEW ROMANCE

BEFORE

AFTER

Traduit de l'américain
par Alexia Barat

ÉDITIONS DE NOYELLES

SAISON 1

Gallery Books
Un département de Simon & Schuster, Inc.
1230 Avenue of the Americas
New York, NY 10020

Titre original : *Before*
Première édition : Gallery Books, décembre 2015

Éditions de Noyelles
123, boulevard de Grenelle, Paris
www.france-loisirs.com
Une édition du Club France Loisirs, Paris
Réalisée avec l'autorisation des Éditions Hugo et Cie

ISBN : 978.2.298.10823.1
N° Editeur : 82993
Dépôt légal : Janvier 2016
Imprimé en France par CPI Brodard & Taupin - N° d'impression : 3014198

À tous mes formidables lecteurs
qui m'inspirent plus qu'ils ne le sauront jamais.

LA PLAYLIST DE *Tessa* ET *Hardin*

« Never Say Never » par The Fray
« Demons » par Imagine Dragons
« Poison & Wine » par The Civil Wars
« I'm a Mess » par Ed Sheeran
« Robbers » par The 1975
« Change Your Ticket » par One Direction
« The Hills » par The Weeknd
« In My Veins » par Andrew Belle
« Endlessly » par The Cab
« Colors » par Halsey
« Beautiful Disaster » par Kelly Clarkson
« Let Her Go » par Passenger
« Say Something » par A Great Big World, ft. Christina Aguilera
« All You Ever » par Hunter Hayes
« Blood Bank » par Bon Iver
« Night Changes » par One Direction
« A Drop in the Ocean » par Ron Pope
« Heartbreak Warfare » par John Mayer
« Beautiful Disaster » par Jon McLaughlin
« Through the Dark » par One Direction
« Shiver » par Coldplay
« All I Want » par Kodaline
« Breathe Me » par Sia

PREMIÈRE SAISON

PARTIE I

Avant

Petit, il se demandait souvent quel genre d'homme il deviendrait plus tard.

Policier ou prof sans doute. Sa mère avait un ami, Vance, qui gagnait sa vie en lisant des livres, ça avait l'air génial. Mais l'enfant n'était pas sûr de lui. Il pensait n'avoir aucun talent. Il ne savait pas chanter comme Joss, le garçon de sa classe, ou résoudre des équations mathématiques comme Angela. Il pouvait à peine s'exprimer devant ses camarades, ce qui n'était pas le cas de Calvin qui, lui, était drôle et grande gueule. La seule chose qu'il aimait faire, c'était dévorer des livres, page après page. Il attendait que Vance lui en apporte ; un par semaine, parfois plus, parfois moins. Quand il ne venait pas et que l'ennui le gagnait, il relisait en boucle les pages toutes abîmées de ses ouvrages préférés. Mais il savait que le gentil monsieur reviendrait toujours, un livre à la main. Au rythme des livres, peu à peu, l'enfant grandissait physiquement et intellectuellement.

Ses parents aussi changeaient au fil des saisons. Son père criait de plus en plus fort, se laissait aller, et sa mère avait l'air de plus en plus fatiguée. Des sanglots toujours plus déchirants emplissaient la nuit. Une odeur de tabac, voire pire encore, commençait à imprégner les murs de la petite maison. Plus la vaisselle sale débordait de l'évier, plus les vapeurs de whisky émanaient de l'haleine de son père. Et plus les mois passaient, plus il désirait oublier l'homme que son père était devenu.

Vance multipliait ses visites, et il remarqua que les sanglots de sa mère se faisaient plus rares ces nuits-là. Il s'était quand même fait quelques amis durant cette période. Un ami, en fait. Finalement, celui-ci déménagea et il ne chercha pas à s'en faire d'autres. Mais ça lui importait peu, il n'en avait pas besoin. Il se fichait d'être seul.

Les hommes qui sont venus cette nuit-là changèrent fondamentalement quelque chose chez l'enfant. Il vit ce qu'ils firent à sa mère et il s'endurcit, sa colère augmenta et il s'éloigna encore plus de son père. Puis, un jour, son père cessa de rentrer à la maison en titubant. Il n'était plus là, et l'enfant se sentit soulagé. Plus d'alcool. Plus de meubles brisés. Plus de trous dans les murs. La seule chose qu'il laissait derrière lui, c'était un garçon sans père et un salon rempli de paquets de cigarettes à moitié vides.

L'enfant détestait le goût amer que la cigarette laissait dans la bouche. Ce qu'il aimait, c'était sentir la fumée remplir doucement ses poumons et lui couper la respiration. Alors, il les fuma toutes et se mit à en acheter. Il se fit des amis – si toutefois on peut appeler ça des amis. En réalité, ils ressemblaient plus à une bande de zonards et de délinquants. Il commença à sortir tard le soir et, petit à petit, les mauvais tours sans conséquences qu'une bande d'ados rebelles s'amusent à faire, prirent une autre tournure. La tournure beaucoup plus grave de sérieux délits. Ils savaient tous que ce qu'ils faisaient n'était pas bien – voire complètement malsain –, mais ils ne pensaient qu'à s'amuser. Ils se sentaient invincibles et ne pouvaient plus se passer du plaisir que l'adrénaline et le pouvoir leur procuraient. À chaque âme innocente volée, leur ego se gonflaient d'arrogance et de cette soif sans limite d'aller toujours plus loin.

Ce garçon-là était le moins vicieux d'entre eux, mais sa part d'enfance, qui un jour avait rêvé de devenir pompier ou prof, était morte. La relation qu'il entretenait avec les femmes était très particulière. Bien qu'il réclamât leur attention, il s'était forgé une telle carapace qu'elle l'empêchait de s'attacher durablement. Cela concernait aussi sa mère à qui il cessa de dire « je t'aime ». De toute façon, il ne la voyait pratiquement plus. Il passait son temps à traîner dans la rue et ne revenait à la maison que pour récupérer les colis qui arrivaient de temps à autre. Des colis qui provenaient de Washington, de la part de Vance.

Vance aussi l'avait abandonné.

Il plaisait beaucoup aux filles et il en était conscient. Elles s'accrochaient à lui, leurs ongles s'enfonçaient toujours plus profondément dans ses bras quand il s'allongeait sur elles, les embrassait, les baisait. Juste après, la plupart d'entre elles tentaient de se blottir dans ses bras. Il les rejetait sans leur accorder le moindre baiser, la moindre caresse. En général, il disparaissait avant même qu'elles ne s'en rendent compte. La journée, il était défoncé, et le soir encore plus. Il traînait dans l'allée, derrière le magasin qui vendait de l'alcool ou dans la boutique du père de Mark. Il bousillait sa vie. Braquer des magasins, filmer des vidéos ignobles, humilier des filles trop naïves, c'est tout ce qu'il savait faire. Il ne ressentait plus la moindre émotion, sinon de l'arrogance et de la colère.

Quand il fut envoyé en prison, c'en fut trop pour sa mère. Elle n'avait plus ni les moyens ni la patience de supporter son comportement autodestructeur. Quant à son père, on lui avait proposé un poste dans une université aux États-Unis, à Washington plus précisément. Le même pays que Vance, la même ville. L'homme bon et l'homme mauvais réunis au même endroit. Encore.

Sa mère ne savait pas qu'il avait surpris la conversation téléphonique avec son père où ils parlaient de l'expédier là-bas. Apparemment, son vieux était devenu *clean*, mais il en doutait fortement. Jamais il ne pourrait en être sûr. Son père avait une petite amie, une femme bien semblait-il, que le garçon jalousait. Elle, elle pouvait profiter de la nouvelle personnalité de son « nouveau » père. Elle, elle pouvait partager des repas sans alcool et recevoir les mots affectueux que lui n'avait jamais eu la chance d'entendre.

Une fois à l'université, il s'installa dans une fraternité contre la volonté de son vieux. Même s'il n'appréciait pas trop l'endroit, il ressentit un vrai soulagement en déballant ses cartons dans la grande chambre qui était désormais la sienne. Elle faisait deux fois la taille de celle qu'il avait à Hampstead, en Angleterre. Elle n'avait pas de trous dans les murs, pas de cafards grouillant dans la salle de bains. Il avait enfin un endroit pour ranger tous ses livres.

Au début, il resta seul, ne cherchant à se lier d'amitié avec personne. Sa bande se forma petit à petit, l'entraînant de nouveau dans les ténèbres.

Bien qu'installé dans un autre pays, il retombait toujours sur le même genre de délinquant que Mark, ne faisant que renforcer son idée que le monde était supposé tourner ainsi. Il finit par accepter d'être toujours seul. Il était doué pour faire du mal aux gens et causer des problèmes. Il blessa une nouvelle fille, comme la précédente, et sentit la même puissante décharge d'adrénaline parcourir son corps, se diffusant en lui pour le détruire de l'intérieur. Tout comme son père, il se mit à boire et à devenir le pire des connards.

Mais il s'en fichait. Il ne ressentait plus rien, et ses amis lui permettaient d'oublier qu'il n'y avait rien de tangible dans sa vie.

Rien n'avait d'importance.

Natalie

À la seconde où il fit la connaissance de cette brune aux yeux bleus, il sut qu'elle le pousserait dans ses retranchements. Elle était douce, c'était la personne la plus gentille qu'il ait rencontrée jusqu'à présent… et elle était complètement dingue de lui.

Il profita de sa naïveté pour l'arracher à son joli petit monde sans défauts, puis il la broya et la précipita en miettes dans un univers sombre et impitoyable qu'elle ignorait totalement. Il alla même jusqu'à la faire renier par son église d'abord, puis par sa famille. Les ragots circulaient et les chuchotements se propageaient d'une oreille à l'autre parmi les bigotes moralisatrices de l'église. Dans sa famille, ce fut pire encore.

Ce qu'il lui fit fut le coup fatal pour sa mère. Elle l'expédia aux États-Unis, dans l'État de Washington, pour rejoindre celui qui lui faisait office de père. Son comportement envers Natalie avait fini par l'exclure lui aussi de son pays natal, et la solitude qu'il avait ressentie toute sa vie se concrétisait enfin.

Heureusement, il apprendrait plus tard que la jeune fille avait survécu et même trouvé un sauveur, un homme fou amoureux d'elle qui lui donnait tout l'amour qu'elle méritait. Elle avait donné naissance à un bébé en bonne santé, l'élevait dans une famille aimante, et le garçon resterait à jamais reconnaissant de cette issue heureuse, soulagé de ne pas avoir bousillé sa vie.

• ——— •

L'église est noire de monde aujourd'hui, des rangées et des rangées de fidèles sont là pour célébrer la messe en cette chaude journée de juillet. Chaque semaine, je retrouve ces mêmes personnes qui me sont devenues familières et dont je connais le nom et le prénom.

Ma famille mène une vie heureuse ici, dans cette petite communauté religieuse.

Ma petite sœur Cecily est près de moi, au tout premier rang, ses petites mains détachent des copeaux de bois du banc sur lequel elle est assise. Notre église vient tout juste de recevoir une donation pour faire des rénovations et notre groupe de jeunes bénévoles s'est chargé de rassembler les fournitures léguées de bon cœur par la communauté. À présent, notre mission est de repeindre les bancs d'ici la semaine prochaine. J'ai d'ailleurs passé toute ma soirée à me rendre dans des quincailleries pour récupérer du matériel.

Comme si cette tâche n'était pas déjà assez éprouvante, j'entends un craquement et découvre Cecily en train de casser un petit bout de bois de son siège. Le rose de ses ongles vernis a beau s'accorder parfaitement à la couleur du nœud dans ses cheveux, bon sang, ce qu'elle peut être indisciplinée !

Je prends doucement sa main dans la mienne.

– Cecily, arrête ça s'il te plaît, on doit les restaurer la semaine prochaine.

Avec une petite moue coquine, elle me répond :

– Tu pourras toujours aider à les repeindre. Tu adores ça, non ?

Je ne peux m'empêcher de sourire. Elle me renvoie un sourire dévoilant un adorable trou entre ses dents, et elle secoue la tête. Ses boucles bougent gracieusement autour de son visage, pour la plus grande fierté de ma mère à l'origine de sa jolie coiffure.

Le pasteur a presque terminé son sermon. Mes parents se tiennent par la main, fixant le fond de la petite église. J'ai chaud. Des gouttes de sueur commencent à se former dans mon cou et dégoulinent le long de mon dos tandis que des paroles sacrées sur le péché et la souffrance résonnent dans ma tête. Il fait si chaud que le maquillage de ma mère luit et que de légères traces noires bavent autour de ses yeux. Heureusement, c'est censé être la dernière semaine où nous aurons à endurer cette chaleur sans climatisation. Et il vaudrait mieux ; sinon je suis capable de feindre une maladie pour éviter de retourner dans ce four.

Une fois la messe terminée, ma mère se lève pour discuter avec la femme du pasteur. Je sais qu'elle l'admire beaucoup, un peu trop à mon goût d'ailleurs. Pauline, la première dame de notre église, est une femme sévère qui exprime peu de compassion pour les autres. Inutile de se demander pourquoi ma mère est attirée par elle.

J'adresse un signe à Thomas, le seul garçon de mon âge du Club des Jeunes qui soit présent. Au moment où il passe près de moi, lui et toute sa famille me saluent poliment, avant de suivre la file des gens qui se dirigent vers la sortie. Impatiente de respirer l'air frais, je me lève en passant mes mains sur ma robe bleu ciel. Mon père me demande avec un sourire complice :

– Peux-tu accompagner Cecily à la voiture ?

Puis, comme chaque dimanche, il tente d'intercepter ma mère pour qu'elle arrête de discuter. Ma mère est typiquement le genre de femme qui continue de parler même après avoir dit trois fois au revoir.

Au moins, je n'ai pas hérité de ce trait de sa personnalité. Je me reconnais bien plus dans mon père dont les quelques mots quotidiens ont, à mon sens, davantage de valeur. Et je sais à quel point mon père apprécie que je lui ressemble tant : son calme olympien, ses cheveux bruns, ses yeux bleu clair, et le plus frappant, notre taille. Ou plutôt notre petite taille. Ni l'un ni l'autre ne mesurons plus d'1,65 m, même s'il est légèrement plus grand que moi. D'ailleurs, ma mère nous taquine toujours à ce sujet en disant qu'à dix ans, Cecily nous dépassera tous les deux.

J'acquiesce et prends ma sœur par la main. Elle marche plus vite que moi et trépigne d'impatience. Elle se rue à travers la foule. J'essaie de la retenir, mais elle se retourne vers moi, un grand sourire illumine son visage, et je ne peux m'empêcher de la rejoindre en courant. Nous nous élançons dehors, dévalons les escaliers et gagnons la pelouse. De justesse, Cecily évite un couple de personnes âgées et j'éclate de rire lorsqu'en hurlant, elle manque de renverser Tyler Kenton, le garçon le plus détestable de notre communauté. Le soleil brille de mille feux et l'air dense emplit mes poumons. Je me lance dans une course-poursuite avec elle jusqu'à ce qu'elle s'écroule dans l'herbe. Je la rattrape et me penche vers elle pour dégager une mèche de cheveux de son visage. De petites larmes brillantes menacent de couler et sa lèvre inférieure se met à trembler.

Elle passe ses mains sur sa robe blanche et jette un regard affolé sur les taches d'herbe.

– Ma robe...Elle est fichue !

À ces mots, elle cache son visage dans ses mains sales. Avec un sourire, je les lui retire et les pose sur ses genoux. Puis je lui dis tout doucement :

– Mais non, elle n'est pas fichue, ma chérie. On pourra la laver.

Avec mon pouce, je récupère une larme qui coule le long de sa joue. Elle renifle et me regarde, méfiante. Pour la rassurer, je mens :

– Ça arrive tout le temps ; ça m'est arrivé au moins trente fois.

Les coins de sa bouche se redressent et elle esquisse un sourire :

– Jamais, tu veux dire !

Elle sait que c'est un bobard. Je la prends par les épaules et l'aide à se relever, puis je jette un œil à ses bras pâles pour m'assurer qu'elle ne s'est pas blessée. Tout va bien. Je la garde appuyée contre moi et nous traversons le cimetière en direction du parking. Mes parents se dirigent vers nous, mon père a finalement réussi à arrêter ma mère dans ses bavardages.

Sur le chemin du retour, je m'installe à l'arrière, près de Cecily qui dessine des papillons dans son livre de coloriage préféré. Pendant ce temps, mon père discute avec ma mère de ce satané raton laveur qui s'incruste dans nos poubelles et nous cause tant de problèmes. Après s'être garé dans l'allée, mon père laisse le moteur en marche et Cecily me donne un rapide baiser sur la joue avant de sortir de la voiture. Je l'imite, serre ma mère dans mes bras et embrasse mon père avant de prendre place sur le siège conducteur.

Mon père me met en garde :

– Fais attention à toi, ma puce. Il y a pas mal de monde sur la route avec ce temps.

En effet, c'est le jour le plus ensoleillé qu'Hampstead ait connu depuis longtemps. J'acquiesce et lui promets que tout ira bien.

J'attends de m'être éloignée du quartier pour changer de station de radio et mettre le volume à fond.

Sur le trajet vers le centre-ville, je chante à tue-tête sur chaque morceau qui passe en me remémorant mon objectif. Il faut que j'arrive à rapporter au moins trois pots de peinture des trois magasins de ma liste. Bien sûr, je serais satisfaite si chacun d'eux m'en donnait au moins un, mais l'idéal serait d'en avoir encore plus pour être sûr de ne pas en manquer.

Mark Peinture et Fourniture est mon premier arrêt. Ce magasin est connu pour être le moins cher de la ville et Mark, le propriétaire, a une très bonne réputation. Je suis ravie de le rencontrer. Hormis une voiture rouge et un mini-van, le parking est désert. Je me gare sur la première place libre. Le bâtiment, ancien, est un mélange de plâtre et de vieux bois. Comme l'écriteau du magasin est abîmé, le « M » de Mark est à peine lisible. Quand j'ouvre la porte en bois, celle-ci grince et le son d'une clochette retentit. Un chat saute d'un carton pour atterrir en face de moi. Je me penche un instant pour caresser cette petite boule de poils puis me dirige vers la caisse.

L'intérieur du magasin est aussi négligé que l'extérieur et, avec tout ce fouillis, je ne remarque pas immédiatement le garçon derrière la caisse. Je me demande ce qu'il fait ici. Plutôt grand avec de larges épaules, il est le genre de type à faire du sport depuis des années.

– Mark...

Impossible de me souvenir de son nom de famille car tout le monde l'appelle simplement par son prénom. Une voix éloignée s'élève alors derrière ce corps athlétique :

– Je suis Mark.

En me penchant sur le côté, je remarque un autre garçon, assis sur une chaise derrière le bureau, habillé tout de noir. Sa carrure est bien plus fine que celle du premier et, pourtant, sa présence est plus impressionnante. Ses cheveux sont bruns, assez désordonnés, et une mèche s'échappe sur son front. Ses bras sont couverts de tatouages noirs dispersés un peu partout sur sa peau bronzée.

Les tatouages, ce n'est pas trop mon truc, mais plutôt que de m'attarder là-dessus, je me demande surtout pourquoi tout le monde est bronzé cet été, sauf moi. Une troisième voix interrompt mes pensées :

– Ce n'est pas lui, c'est moi.

En tournant la tête de l'autre côté, je découvre un troisième garçon de taille moyenne, plutôt fin et la tête genre rasée.

– Je suis Mark, mais Mark *Junior* en revanche. Si tu cherches mon vieux, il n'est pas là aujourd'hui.

Il a quelques tatouages lui aussi, mais plus organisés que ceux du type aux cheveux en bataille et au piercing à l'arcade. Je me souviens d'avoir demandé un jour à mes parents l'autorisation de me faire faire un piercing au nombril, et aujourd'hui encore, l'image de leur réaction horrifiée me fait sourire.

Le garçon aux cheveux en bataille me dit d'une voix lente et grave :

– Ce Mark-là est mieux.

Il sourit, et deux adorables fossettes se dessinent sur ses joues.

Me doutant que ce n'est pas vrai, je rigole et ajoute sur un ton amusé :

– J'ai du mal à le croire !

Tous éclatent de rire, et Mark Junior s'avance d'un pas, le sourire aux lèvres.

Le garçon sur sa chaise se lève. Il est si grand que cela le rend encore plus impressionnant. Il se redresse et je réalise qu'il me domine largement. Il est très beau ; son visage est bien dessiné, ses mâchoires marquées, il a de longs cils noirs, des sourcils fournis qui encadrent son regard, un nez fin et des lèvres rose pâle. Je le fixe, lui aussi.

Mark me demande :

– Tu cherches mon père pour une raison particulière ?

Comme je ne réponds pas tout de suite, Mark et le garçon athlétique se tournent et posent tour à tour leur regard sur leur ami et sur moi.

Je reprends brusquement contenance, un peu gênée d'avoir été prise sur le fait, et réponds :

– Je fais partie de la communauté *Hempstead Baptist* et je me demandais si vous accepteriez de nous donner de la peinture ou des fournitures. Nous sommes en train de faire des travaux dans l'église et nous avons besoin de matériel...

Je m'interromps, car je surprends le séduisant garçon aux lèvres roses en pleine discussion avec son ami, mais ils parlent tellement bas que je ne peux rien entendre. Puis ils s'arrêtent de chuchoter et me fixent en même temps, un sourire aux lèvres.

Mark me répond en premier :

– Aucun problème, nous pouvons faire ça pour toi.

Je ne saurais dire pourquoi, mais son sourire a quelque chose de très félin. Je lui souris à mon tour et le remercie.

Il se tourne alors vers son ami à l'énorme tatouage en forme de navire sur le biceps.

– Hardin, avons-nous des pots en réserve ?

Hardin ? Quel étrange prénom ! C'est la première fois que je l'entends.

Les manches de la chemise noire de ce Hardin sont retroussées et recouvrent à peine le navire en bois. C'est vraiment bien réalisé ; les détails et les effets d'ombre sont attrayants. Quand je lève le regard vers son visage, je m'arrête une fraction de seconde à la hauteur de ses lèvres, et la chaleur me monte aux joues. Il me regarde droit dans les yeux et me surprend en train de le dévisager. Mark et Hardin échangent des coups d'œil, mais impossible de saisir ce qu'ils se disent à voix basse.

– Que dirais-tu d'un deal ?

En me proposant ça, Mark adresse un signe de tête à Hardin. Je veux en savoir plus. Ce Hardin a l'air étrange, un peu ailleurs, mais je l'aime bien.

– Et quel genre de deal ?

Je me passe la main dans les cheveux en attendant une réponse tandis qu'Hardin continue de me fixer. Il y a quelque chose de mystérieux chez lui, comme s'il cachait quelque chose. Je peux le sentir de l'autre bout du magasin et j'ai envie d'en savoir davantage sur ce garçon qui joue au dur. J'ai un mouvement de recul en pensant à la manière dont mes parents réagiraient si je rentrais avec lui à la maison. Ma mère pense que les tatouages sont répugnants. Moi je ne sais pas. C'est vrai que ce n'est pas vraiment mon truc mais, en un sens, je les vois comme une forme d'expression de soi. Incontestablement, il y a toujours une sorte de beauté là-dedans.

Mark se frotte le menton :

– Si tu acceptes deux rendez-vous avec mon ami Hardin, je te donnerai dix pots de peinture.

Je me retourne vers Hardin qui me regarde avec un sourire satisfait. Ses lèvres sont tellement sexy. Les traits fins et délicats de son visage le rendent encore plus attirant que ses vêtements noirs ou ses cheveux en bataille. Je repense à leurs chuchotements et me demande si c'était à propos de moi. Hardin s'intéresserait-il à moi ?

Alors que j'envisage cette idée, Mark tente de me convaincre :

– N'importe quelle couleur et finition de ton choix. Offert par la maison. Dix pots.

C'est un bon commercial.

Je mordille ma lèvre et réplique :

– Ok pour un rendez-vous.

Hardin rigole. Sa pomme d'Adam se soulève au rythme de son rire et ses fossettes ressortent encore plus. Ok, il est vraiment, vraiment sexy. Je n'en reviens pas de ne pas l'avoir remarqué tout de suite en arrivant. J'étais tellement obnubilée par ma mission que j'ai à peine fait attention au vert intense de ses yeux sous les néons du magasin.

– Marché conclu.

Hardin glisse les mains dans ses poches, et Mark lance un regard au garçon aux cheveux rasés.

Assez fière de ma petite négociation, je liste, l'air de rien, les couleurs dont j'ai besoin pour les bancs, les murs, les escaliers, mais en réalité, je suis déjà en train d'anticiper mon rendez-vous avec Hardin. Ce mystérieux garçon aux cheveux en bataille, à l'air innocent et timide, aurait donc besoin de marchander dix pots de peintures pour obtenir un rendez-vous ?

Molly

Quand il était petit, sa mère lui racontait des histoires sur les filles dangereuses. Plus une fille se montre odieuse et distante, plus elle est intéressée. Ce que les garçons doivent apprendre, c'est à leur courir après.

Mais ce que ces garçons apprennent en grandissant, c'est que la plupart du temps, quand une fille ne t'aime pas, c'est juste qu'elle ne t'aime pas. Ces filles-là ont grandi sans présence féminine pour leur indiquer comment se conduire. Leur mère rêvait d'une vie excitante, meilleure que celle qu'elle pouvait s'offrir. Alors, les filles n'eurent d'autres choix que d'apprendre toutes seules, en observant les comportements des garçons autour d'elles.

En grandissant, les filles saisirent parfaitement les règles du jeu et devinrent expertes en la matière.

Au moment de tourner au coin de la ruelle sombre, je tire sur le bas de ma robe et j'entends le tissu craquer. Je me maudis d'avoir fait ça, encore.

J'aurais dû prendre le bus vers le centre-ville en espérant qu'il se produise... *quelque chose.*

Quoi exactement? Je nc sais pas, mais je n'en peux plus. Je suis si fatiguée de me sentir comme ça. La sensation de vide vous fait parfois faire des choses que vous n'auriez jamais pu imaginer. Mais c'est la seule manière pour moi de combler ce putain de trou béant dans ma poitrine. Ce vide ne se remplit que lorsque les hommes me matent. D'ailleurs, ils ne se gênent pas pour le faire depuis que j'ai volontairement changé ma manière de m'habiller pour attirer leur regard. Ils me dégoûtent et sont complètement malsains, mais j'attise leur désir et les charme en un clin d'œil. Un simple sourire timide a tellement de valeur pour un homme qui se sent seul.

Avoir tant besoin de cette attention me rend malade. C'est la pire des douleurs, comme un feu incandescent qui me consume de l'intérieur.

Une voiture noire approche alors que je tourne à un autre coin de rue. Je fais semblant de regarder ailleurs lorsque le conducteur ralentit à mon niveau. Il fait nuit noire, et la ruelle en zigzag dans laquelle je me trouve se situe juste à côté des plus beaux quartiers de Philadelphie. Ici, les rues sont remplies de magasins qui ont tous un patio à l'arrière.

Il y a trop d'argent et si peu de chaleur humaine sur cette artère principale.

Dans un petit crissement, la vitre de la voiture se baisse automatiquement et le conducteur me demande :

– Je peux vous raccompagner chez vous ?

Son visage est légèrement ridé et ses cheveux poivre et sel soigneusement peignés de chaque côté. Son sourire est charmant. Il est plutôt pas mal pour son âge, mais une sonnette d'alarme résonne dans ma tête chaque fois que j'emprunte machinalement ce trajet, chaque week-end. L'air bienveillant qu'il se donne est aussi faux que mon sac Chanel. C'est l'argent qui fait ça. Je sais reconnaître ce genre de profil, maintenant. Ces hommes, avec leurs belles voitures si bien entretenues qu'elles se reflètent dans le clair de lune, ont beaucoup d'argent mais très peu de morale. Ils n'ont pas baisé leur femme depuis des semaines, voire des mois, et ils viennent ici chercher ce qu'ils n'ont pas à la maison. Mais je ne veux pas de son argent. Mes parents en ont déjà. Bien trop même.

– Je ne suis pas une pute, sale pervers !

En hurlant ces mots, je donne un grand coup de talon compensé dans sa belle voiture ridicule et remarque l'anneau qui brille à l'un de ses doigts.

Ses yeux suivent mon regard, et il cache sa main derrière son volant. Pauvre type !

– Bien tenté. Retourne voir ta femme, je suis sûre que quelle que soit l'excuse que tu lui as donnée, elle est bidon.

Je commence à m'éloigner alors qu'il me parle encore. La distance assourdit le son de sa voix et l'emporte dans les profondeurs de la nuit, sûrement dans un coin sombre. Je ne me retourne même pas.

La route est pratiquement déserte, normal pour un lundi soir, passé vingt et une heures. Les lumières des immeubles luisent faiblement, l'atmosphère est calme et silencieuse. Je passe derrière un restaurant du haut duquel s'échappe une nappe de vapeur en tourbillonnant. Une odeur de charbon de bois flotte jusqu'à moi. Ça sent tellement bon ! Ça me rappelle les barbecues dans le jardin que nous faisions avec la famille de Curtis quand nous étions plus jeunes. À l'époque où je les considérais comme ma seconde famille.

Je balaie cette pensée et réponds au sourire d'une femme d'une cinquantaine d'années, sortie en tablier et toque de chef sur la tête par la porte de service d'un restaurant. La flamme de son briquet scintille dans la nuit. Elle tire sur sa cigarette et, d'une voix rauque, me dit en souriant :

– Sois prudente par ici, petite.

En souriant, je lui fais un signe de la main et réponds :

– Toujours.

Elle secoue la tête et porte de nouveau la cigarette à ses lèvres. La fumée envahit l'air frais. La cendre rougeoyante émet un dernier crépitement dans la nuit silencieuse avant qu'elle tire sur le mégot jusqu'au filtre et l'écrase énergiquement par terre.

Je poursuis mon chemin. L'air semble se refroidir. Je me décale sur le côté de l'allée alors qu'une autre voiture passe. Elle est noire... Je regarde de nouveau et comprends qu'il s'agit de la même voiture noire que tout à l'heure. Elle ralentit, et un frisson parcourt mon dos. J'entends les pneus crisser sur les déchets qui encombrent le bas-côté.

J'augmente mon allure en passant derrière une benne à ordures afin de m'éloigner autant que possible du conducteur. J'accélère mon rythme et m'écarte plus loin.

Pourquoi suis-je si parano ce soir ? Chaque week-end, c'est le même scénario : j'enfile des vêtements immondes, j'embrasse mon père sur la joue et lui demande de l'argent pour le bus. Lui fronce les sourcils, me reproche de passer trop de temps toute seule et me dit d'avancer, de profiter de la vie avant qu'il ne soit trop tard.

Si avancer était si simple, je n'aurais pas besoin de faire tout ça : changer de vêtements, cacher les autres dans mon sac, puis me rechanger sur le chemin du retour.

Avancer. Comme si c'était facile.

Il me répète sans cesse :

« Molly, tu n'as que dix-sept ans. Tu dois prendre ta vie en main et profiter de tes meilleures années avant qu'elles ne te filent sous le nez. »

Si ça, ce sont les meilleures années de ma vie, alors je ne vois vraiment pas l'intérêt d'aller plus loin.

J'acquiesce à chaque fois, lui dis que je suis d'accord avec lui et souris en priant silencieusement pour qu'il ne compare pas sa perte à la mienne. La différence, c'est que ma mère, elle, voulait partir.

Mais ce soir, c'est différent. J'ai un sentiment étrange. Peut-être parce que le même mec s'arrête à côté de moi pour la deuxième fois en vingt minutes.

Je me mets à courir. Ma peur m'entraîne vers une route plus fréquentée par les voitures. Un taxi me klaxonne au moment où je trébuche en rejoignant le trottoir, à bout de souffle.

Je dois rentrer à la maison. Tout de suite. Mes poumons sont en feu et je n'arrive plus à respirer. Je recule sur le trottoir et regarde dans tous les sens. Tout à coup, une voix de femme crie derrière moi :

– Molly ? Molly Samuel, c'est toi ?

Je me retourne pour découvrir un visage familier. Elle est la dernière personne sur laquelle je désirais tomber. Je résiste pour ne pas partir dans la direction opposée quand mes yeux rencontrent les siens. Elle se dirige vers moi, un sac de courses marron dans chaque main. Alors qu'une mèche de cheveux glisse sur sa joue, Madame Garrett me demande :

– Que fais-tu là à cette heure-ci ?

– Rien, je marche.

J'essaie de tirer ma robe sur mes cuisses avant qu'elle m'observe de nouveau.

– Toute seule ?

Je lui réponds sur la défensive :

– Vous aussi vous êtes seule.

Elle soupire puis transfère tous ses sacs sur un seul bras avant de se diriger vers un van marron stationné au coin de la rue.

– Allez viens, monte dans la voiture.

Clic, la portière passager s'ouvre et je monte à l'intérieur, hésitante. Je préfère être dans cette voiture avec elle et son air réprobateur plutôt que dehors, avec le mec de la voiture noire qui n'a pas l'air de bien comprendre le sens du mot « non ».

Mon sauveur inattendu s'installe au volant et fixe la rue avant de se tourner vers moi.

– Tu sais, tu ne peux pas te comporter ainsi jusqu'à la fin de ta vie.

Son ton est sévère, mais ses mains tremblent sur le volant.

– Je ne fais rien de spécial.

– Ne fais pas comme si rien ne s'était passé.

Sa réponse me laisse penser qu'elle n'est pas d'humeur à faire des mondanités.

– Tu ne t'habilles plus du tout comme avant et je doute que ton père approuve. Tes cheveux sont roses, à mille lieues de ton blond naturel. Et tu traînes dehors à pas d'heure. Je ne suis pas la seule à l'avoir remarqué, tu sais. John, qui vient souvent dans mon église, t'a vue la nuit dernière. Il en a parlé devant tout le monde.

– Je...

Elle lève la main en signe de protestation.

– Je n'ai pas terminé. Ton père m'a dit que tu n'avais même plus l'intention d'aller dans l'Ohio. Après vous être préparés toutes ces années à y aller ensemble, toi et Curtis.

Le prénom qui sort de sa bouche glisse jusqu'à moi, brisant la carapace derrière laquelle je m'étais réfugiée. Cet épais néant qui me protégeait. Le visage de son fils apparaît devant moi et le son de sa voix emplit mes oreilles. Malgré la douleur, je la supplie :

– Arrêtez, s'il vous plaît.

– Non, Molly.

Je me tourne vers elle. Son visage se trouble, comme si des tonnes et des tonnes d'émotions restées coincées au chaud ces six derniers mois étaient maintenant sur le point d'exploser.

– C'était *mon fils*. Alors, je t'interdis de faire comme si tu avais plus de raisons de souffrir que moi. J'ai perdu un enfant – mon seul enfant – et maintenant je suis là, assise, à te regarder, douce Molly. Toi que j'ai vue grandir, toi que je vois se perdre aussi. Et je ne vais certainement pas continuer de me taire. Tu dois bouger tes fesses, aller à l'université. Partir de cette ville comme Curtis et toi l'aviez planifié. Continuer à *vivre*. C'est ce que nous devons tous faire. Et si j'en suis capable, alors bon sang, toi aussi.

Quand Madame Garrett s'interrompt, j'ai l'impression qu'elle vient de passer les deux dernières minutes à réduire mon estomac en bouillie. Elle a toujours été une femme silencieuse, à l'inverse de son mari qui fait toujours la conversation. Mais là, en l'espace de cinq minutes, elle s'est transformée, elle est devenue moins fragile en quelque sorte. Sa voix habituellement douce a pris une toute nouvelle intonation, et elle m'impressionne. Elle me brise le cœur aussi. Je prends conscience d'avoir laissé ma vie entre parenthèses pour mener cette existence lugubre.

Mais c'est moi qui conduisais la voiture.

C'est moi qui ai accepté de prendre le volant du petit camion de Curtis la nuit juste avant d'avoir mon permis. Nous étions excités comme des fous et son sourire était si convaincant. Je l'aimais de tout mon être et, quand il est mort, je me suis brisée en mille morceaux. Il était celui qui m'apaisait, m'assurait que je ne deviendrais pas comme ma mère. Cette femme qui ne vivait et n'aspirait qu'à devenir autre chose que simplement la femme de quelqu'un, dans une grande maison et un quartier luxueux. Elle passait ses journées à peindre et à danser dans notre grande maison, à chanter des chansons et à me promettre que nous sortirions vivantes de ce labyrinthe. Elle disait toujours :

« On ne finira pas nos jours ici. Je réussirai à convaincre ton père un jour. »

Elle n'avait tenu sa promesse qu'à moitié et disparu au beau milieu de la nuit, deux ans auparavant. Elle ne supportait pas l'idée d'être à la fois mère et femme. Elle en avait honte même. La plupart des femmes n'auraient jamais éprouvé de honte à ça. Ma mère, si. Elle réclamait toute l'attention sur elle, elle avait besoin que les gens connaissent son nom. D'ailleurs, elle m'en voulait quand ils ne la reconnaissaient pas, même si elle prétendait le contraire. Elle avait sans cesse honte de moi, me rappelait constamment ce que j'avais fait endurer à son corps. Elle me racontait à quel point son corps était magnifique avant que je n'arrive au monde.

Elle agissait comme si j'avais demandé à être placée là, dans son ventre de femme égoïste. Une fois, elle me montra même les marques que j'avais laissées sur elle. Choquée, j'avais tressailli à la vue de sa peau meurtrie sur son ventre.

Même si j'avais ruiné son apparence, elle me promettait la lune. Elle me parlait de grandes villes lumineuses aux panneaux d'affichage géants en espérant être assez belle pour apparaître dessus.

Un matin tôt, après l'avoir écoutée me raconter le monde dont elle avait rêvé la nuit précédente, je la vis à travers les barreaux en métal de la rampe d'escalier, qui traînait sa valise sur le tapis vers la porte d'entrée. Elle fit volte-face et balança ses cheveux derrière ses épaules. Habillée comme si elle allait passer un entretien d'embauche, son maquillage était parfait et son brushing impeccable – elle avait dû utiliser la moitié d'une bombe de laque pour arriver à ce résultat. Surexcitée et confiante, elle réajustait délicatement ses cheveux.

Juste avant de partir, elle observa le salon qu'elle avait si joliment décoré et son visage se fendit d'un sourire que je ne lui connaissais pas. Puis elle referma la porte derrière elle. Je ne pouvais qu'imaginer sa joie, dehors, adossée contre la porte, à sourire comme si elle embarquait vers le paradis.

Je n'ai pas pleuré. J'essayais juste de graver toute la scène dans ma mémoire en descendant les escaliers sur la pointe des pieds. Ce qu'elle portait, les gestes qu'elle avait effectués. Je voulais me souvenir de chaque échange, chaque discussion, chaque marque d'affection que nous avions partagés. Même si je comprenais que ma vie était en train de changer. Je l'ai observé à travers la fenêtre du salon alors qu'elle montait dans un taxi, et j'ai fixé la route. Quelque part, j'ai toujours su qu'elle n'était pas fiable. Mon père avait peut-être la trouille de quitter la ville dans laquelle il avait grandi, où il avait un super travail, mais putain, lui au moins était fiable.

Madame Garrett touche avec précaution la pointe de mes cheveux roses.

– Tremper tes cheveux dans des colorants roses ne changera rien à ce qui s'est passé.

Je souris en entendant le choix de ses mots et prononce la première chose qui me vient à l'esprit.

– Je n'ai pas teint mes cheveux parce que j'ai vu votre fils se vider de son sang devant moi.

À ces mots, je me raidis en repensant à quel point la teinture rose foncé qui s'était écoulée dans le lavabo ressemblait à du sang.

Je repousse sa main. Et, ouais, mes mots sont durs. *Mais putain, qui est-elle pour me juger?*

Pendant qu'elle encaisse ce que je viens de dire, je suis certaine qu'elle se représente le corps massacré de Curtis. Celui à côté duquel je suis restée assise pendant deux heures avant que quelqu'un ne nous vienne en aide. J'ai essayé d'arracher la ceinture du siège, mais c'était impossible. La manière dont la tôle s'était tordu en heurtant les rails du chemin de fer m'empêchait de bouger les bras. J'ai essayé pourtant. J'ai crié lorsque le métal a déchiré ma peau. Mon amour ne bougeait plus. Il n'émettait plus aucun son. Alors, j'ai hurlé. Contre lui, contre la voiture, contre l'univers tout entier, tout en luttant pour nous sauver.

Un univers qui m'a trahie et s'est obscurci à mesure que pâlissait son visage et que ses bras se ramollissaient. Maintenant, je suis reconnaissante à mon corps de s'être évanoui juste après qu'il est mort. Au moins, je n'étais pas forcée de rester assise là, à observer cette chose inanimée qui n'était plus lui. Observer et espérer qu'il se réveille d'une manière ou d'une autre.

Avec un léger soupir, Madame Garrett allume le contact et fait démarrer la voiture :

– Je comprends ta peine, Molly... Si quelqu'un peut la comprendre, c'est bien moi. J'ai tenté de trouver le moyen de continuer à vivre moi aussi. Mais toi, tu es en train de ruiner la tienne pour quelque chose dont tu n'es pas responsable.

Je suis déconcertée et tente de me concentrer en sortant mon bras par la vitre ouverte.

– Pas responsable ? C'est moi qui conduisais la voiture !

Le son de la tôle fracassée entrée en collision avec un arbre puis une barrière en fer résonne dans mes oreilles. Mes mains se mettent à trembler sur mes genoux.

– J'étais responsable de sa vie, et je l'ai tué.

Il était la vie. La vraie définition de la vie. Il était lumineux et chaud. J'aimais tout chez lui. Curtis pouvait trouver de la joie dans les choses les plus stupides et les plus simples. Je n'étais pas comme lui. J'étais plus cynique, surtout après le départ de ma mère. Mais il m'écoutait toujours quand ma colère m'entraînait à commettre un impair. À son anniversaire, il avait aidé mon père à nettoyer l'atelier de ma mère après que j'avais aspergé de peinture noire les précieuses toiles qu'elle nous avait laissées. Il ne m'a jamais demandé pourquoi j'avais souhaité qu'elle meure plus d'une fois.

Il ne m'a jamais jugée. Il me maintenait en équilibre mieux que je pouvais le faire moi-même. J'ai toujours pensé qu'il serait celui qui m'aiderait à surmonter les années à l'université ou à me faire des amis dans une nouvelle ville. Je n'ai jamais été douée pour cacher ce que je pense des gens, ce qui ne m'aide pas à me faire des amis. Il me disait toujours que tout allait bien, que j'étais bien telle que j'étais, que j'étais juste pénible d'être trop franche car il devait du coup assumer le rôle de l'hypocrite dans notre relation. Il prétendait aimer les prétentieux, les riches enfants BCBG de notre école. Il était toujours le gentil, celui que tout le monde aimait. J'étais son faire-valoir. Nous passions tellement de temps ensemble que tout le monde avait fini par m'accepter, moi et mon tempérament. C'était grâce à lui, je suppose, grâce à son charme. Il était ma raison d'être parce que, d'une manière évidente, il croyait en moi. Il était la seule personne qui m'accepterait et m'aimerait toujours. Mais il m'a abandonnée, lui aussi.

C'est ma faute. Comme je suis sûre que ma mère est partie parce qu'elle en avait marre de cette ville, des habitudes de mon père et de sa fille blonde avec son nœud dans les cheveux.

La seule personne qui me faisait me sentir normale était partie aussi vite que la teinture rose dans les canalisations et que mes cheveux blonds ont disparu.

– J'ai un ami qui connaît du monde à Washington.

J'avais presque oublié où j'étais. En moins de dix minutes, mon esprit venait de revivre toutes les expériences merdiques de ma vie.

Elle me propose :

– Je pourrais lui demander s'il peut faire marcher quelques contacts pour te faire entrer dans une bonne école là-bas. C'est une jolie ville, tu sais. Saine et rafraîchissante. L'année est déjà bien entamée, mais j'essaierai si tu es partante.

Washington ? Qu'est-ce que j'irais foutre à l'université de Washington ?

Pourtant, j'envisage son offre. Je me demande si oui ou non j'ai toujours *envie* d'aller à l'université. Et alors que cette question me traverse l'esprit, je comprends que oui, j'ai envie de quitter cette ville horrible. Peut-être devrais-je accepter alors. Je rêvais souvent d'autres villes quand j'étais petite. Ma mère me parlait de Los Angeles et de sa température idyllique qui rendait chaque jour parfait. De New York et ses rues blindées de monde en permanence. Elle me parlait des villes glamour dans lesquelles elle voulait vivre. Si elle pouvait apprivoiser ces villes, je dois pouvoir m'acclimater à Washington.

Mais c'est si loin. À l'autre bout du pays. Mon père resterait ici, seul... Peut-être que ça lui ferait du bien. Il n'a presque plus aucun ami tant il passe de temps à s'inquiéter pour moi, à essayer de me rendre heureuse. Il ne pense même plus à sa propre vie. Peut-être que ça l'aiderait si je partais à l'université. Peut-être que cela permettrait un retour à la normale.

Et qui sait, peut-être que moi aussi je me ferais des amis. Ces gens qui vivent dans une grande ville ne seront sans doute pas intimidés par mes cheveux roses. Les filles de mon âge ne se sentiront sûrement pas menacées par mes vêtements sexy.

Je pourrais repartir à zéro et rendre Madame Garrett fière de moi.

Je pourrais donner à Curtis une raison d'être fier de moi lui aussi.

Washington pourrait être exactement ce dont j'ai besoin.

Assise dans la voiture de cette femme douce et gentille, cette mère d'un enfant aimé et perdu, je jure, maintenant, que je vais mieux faire.

À Washington, je ne prendrai pas de bus pour aller dans les endroits qui craignent. Je ne m'enfermerai pas dans le passé.

Je ne renoncerai pas à moi.

Je ferai uniquement des choses pour avancer, construire mon futur – et rien à foutre de ce que les gens pourront penser.

Melissa

La première fois qu'il rencontra cette fille, il la sous-estima. Il ignorait tout d'elle à ce moment-là, et aujourd'hui encore il n'en sait pas grand-chose. Il fit d'abord la connaissance de son frère et passa des nuits à se bourrer la gueule avec lui. Puis il apprit à le connaître et comprit à quel genre de personne il avait affaire. Un vrai serpent. Il rampait sur le campus comme si c'était son terrain de chasse privé. À repérer puis traquer sa proie.

Mais après l'avoir bien observé, il comprit que le serpent avait une faille : sa sœur. Elle était grande, avait de la prestance, la peau mate et les cheveux noir de jais. Plus sa haine envers le serpent grandissait, plus il s'intéressait à cette faille. Il ne pensait qu'à la manière dont il obtiendrait la fille comme si rien d'autre sur Terre n'avait d'importance. Rien d'autre que ses propres désirs malsains. Il se disait que le serpent devenait incontrôlable, qu'il répandait son venin comme une épidémie redoutable. Qu'il fallait stopper ça. Alors, il prépara son plan.

L'épidémie devait être éradiquée. Sa sœur ne serait rien d'autre qu'un dommage collatéral.

• ——— •

La maison est si calme pour un vendredi soir. Mon père est à une réception à l'hôpital pour fêter sa promotion et tous mes amis sont à une fête. Aucune de ces deux possibilités ne me tente vraiment.

Je serais bien allée à cette fête si ce n'était pas à la fraternité où traîne mon frère. Il me surprotège tellement que je n'arriverais pas à m'amuser là-bas. C'est trop frustrant.

La réception serait peut-être une meilleure option, mais juste un petit moment. Mon père est le docteur le plus prestigieux de la ville. Il est meilleur docteur que père... mais il fait ce qu'il peut. Son temps est rare et cher. Je ne peux pas lutter contre ces gens malades dont les factures paient l'immense maison dans laquelle je me trouve actuellement, à ne faire que me plaindre.

Comme je me sens un peu coupable, j'attrape mon téléphone et envoie un texto à mon père pour lui dire que je viendrai quand même. Mais je réalise soudain qu'il est déjà plus de neuf heures et que la réception a commencé à huit heures. Si j'y vais, ça sera juste en coup de vent et je ne veux surtout pas donner une raison supplémentaire à sa petite amie de se plaindre de moi. Tasha a seulement trois ans de plus que moi. Elle fréquente mon père depuis plus d'un an maintenant. Je serais sans doute un peu plus compréhensive si je n'avais pas été dans le même lycée qu'elle et si, surtout, elle n'avait pas été une telle peste. En plus, elle prétend ne pas se souvenir de moi alors que je sais pertinemment que si.

Peu m'importe qu'elle soit désagréable avec moi. Je ne me plains pas d'elle auprès de mon père. Tant qu'elle le rend heureux, c'est le principal. Elle sourit quand il la regarde, rit à ses blagues vieillottes. Je sais qu'elle ne tient pas à lui autant qu'elle le devrait, mais mon père s'est amélioré depuis qu'elle a débarqué à son cabinet avec un doigt cassé et un décolleté rebondi. Mon père a bien plus mal vécu le divorce que ma mère qui, elle, a rapidement annoncé qu'elle retournait vivre au Mexique chez mes grands-parents, le temps de se retourner.

Je me demande qui elle pense berner. Elle s'est vu accorder suffisamment d'argent lors du partage des biens pour s'offrir une vie de princesse.

Plutôt que de déranger Tasha et mon père, j'envoie un texto à Dan. Il sort avec une fille que j'ai connue au lycée, mais contrairement à moi, elle y est toujours. Mon frère a beau être protecteur et loyal, il n'en reste pas moins un vrai porc. Oui c'est ça, un *vrai* porc. J'essaie de rester éloignée le plus possible de ses petits jeux de drague. Ses amis aussi sont des porcs, plus jeunes et bien pires que lui. Il aime s'entourer de gens aussi nuls que lui pour se sentir mieux. Je suppose qu'il cherche à être le roi de la jungle.

Dan me répond rapidement : JE PASSE TE PRENDRE DANS VINGT MINUTES.

Je lui renvoie un smiley et saute du lit pour me préparer. Je ne suis pas maquillée et porte un t-shirt gris à l'effigie de mon université. Je peux faire mieux que ça. En revanche, je dois faire attention à ne pas m'habiller trop sexy, sinon mon frère m'embêtera toute la soirée.

J'ouvre mon placard et fouille dans la montagne de robes noires à sequins. J'ai trop de robes. Ma mère me donnait toujours les siennes quand elle les avait portées une fois. Mon père pensait la rendre heureuse en lui offrant des robes à strass et des décapotables rouges. Il faut croire que ça n'a pas suffi. Au moment de partir, elle m'a proposé de la suivre au Mexique. Mais aussi bizarre que ça puisse paraître, il n'était tout simplement pas question que j'abandonne mon équipe de natation. C'est ce qui compte le plus pour moi à Washington. C'est bien la seule chose – en dehors de mon père et de mon frère – qui me manquerait. Dan, lui, a envisagé de partir, mais il ne voulait pas me laisser ici. Ou ne *pouvait pas,* vu qu'il passe son temps à me surveiller.

Après avoir essayé deux robes pour finalement les remettre dans le placard, j'opte pour une combinaison que je n'ai encore jamais portée. Elle est toute noire, hormis quelques petits imprimés sur les bretelles. Assez moulante pour mettre mes fesses en valeur, suffisamment *casual* pour aller à une fête et couvrante juste ce qu'il faut pour que mon frère me fiche la paix.

Alors que je termine de me préparer, j'entends Dan klaxonner dehors. J'attrape mon sac et descends précipitamment les escaliers. Si je ne me dépêche pas, les voisins vont encore se plaindre du bruit. Je compose rapidement le code du système d'alarme et ferme la porte à clé. Lorsque j'arrive devant l'Audi de Dan, je m'aperçois qu'il a amené des potes avec lui. Mon frère ordonne à l'un d'eux :

– Logan, laisse-la monter devant.

J'ai côtoyé plusieurs fois Logan, qui a toujours été très sympa avec moi. Il a tenté de me draguer une fois lors d'une soirée. Quand je me suis extirpée du canapé, il s'est rendu compte que je faisais une tête de plus que lui et m'a finalement précisé que nous ferions mieux de rester amis. J'ai rigolé en confirmant ses dires, amusée par sa gentille plaisanterie. Depuis, il est celui que je préfère dans sa bande d'amis débiles. Alors que Logan détache sa ceinture, je lance à mon frère :

– C'est bon, je monte à l'arrière.

Une fois installée, je me retrouve à côté d'un mec aux cheveux noirs et bouclés qui lui cachent la moitié du visage. Ils sont ramenés sur le côté d'une drôle de façon, mais s'accordent parfaitement avec ses piercings à l'arcade et à la lèvre. Il ne décroche pas de son portable quand je m'assieds à côté de lui, et ne me dit même pas bonjour.

Dan me regarde dans le miroir du rétroviseur.

– Ignore-le.

Levant les yeux au ciel, je sors moi aussi mon portable, histoire de passer le temps durant le trajet.

Arrivé devant la fraternité, il n'y a pas de place pour se garer. Dan me propose de me déposer devant pour que je n'aie pas à marcher. Je m'exécute et sors avant d'entendre une autre portière claquer. En levant les yeux, je m'aperçois que c'est le mec qui était à côté de moi. Il marche tranquillement vers la maison quand Dan lui hurle :

– Enfoiré !

L'inconnu lève la main en l'air et lui fait un doigt d'honneur. Je le suis dans le jardin avant de m'adresser à lui :

– Je pense que tu ferais mieux de rester avec eux.

Une bande de filles le regardent avec insistance au moment où nous passons près d'elles ; l'une d'elles chuchote quelque chose à l'oreille de sa copine, puis elles se tournent toutes vers moi. Je regarde leur visage ridicule, bien trop maquillé, et leur demande :

– Vous avez un problème ?

Les trois filles secouent la tête. Elles ne semblaient pas s'attendre à ce que je les interpelle de la sorte.

Eh bien, elles avaient tort. Je ne suis pas tendre avec les chichiteuses blondes dans leur genre, qui parlent derrière le dos des gens pour se donner de l'importance.

Le garçon aux cheveux ondulés me dit d'une voix grave :

– Elles ont dû se pisser dessus.

Je jurerais avoir perçu un accent anglais. Il ralentit son pas, mais ne se retourne pas vers moi. Ses bras sont couverts de tatouages. Même si je n'arrive pas à tous les distinguer, je sais qu'ils ne sont pas colorés, seulement noirs. Ça va bien avec son jean et son t-shirt noirs. Ses boots émettent un bruit sourd dans l'herbe qu'il écrase.

J'essaie de m'adapter à son rythme, mais ses enjambées sont trop grandes. Il est grand, il fait plusieurs centimètres de plus que moi.

– J'espère bien!

En prononçant ces mots, je jette un dernier regard au groupe des filles. Elles sont passées à autre chose et s'occupent maintenant d'une nana bourrée en robe courte qui trébuche vers elles.

Toujours silencieux, nous pénétrons dans la maison. Arrivés dans la cuisine, sans même se retourner, il fait sauter le bouchon d'une bouteille de whisky avant d'en prendre une gorgée. Il m'intrigue maintenant. Alors que Dan et Logan entrent dans le salon, je décide de m'éloigner du garçon tatoué. J'attrape une bouteille de vin dans le seau à glace sur le bar et rejoins mon frère. Il est assis sur le canapé, une bière à la main. Il sent déjà l'herbe, et ses yeux sont injectés de sang. Je lui demande:

– C'était qui, ce mec dans la voiture?

– Qui? Hardin?

Son visage change d'expression. Il semble contrarié par ma question. *Hardin*? C'est quoi ce nom?

– *Ne t'approche pas de lui,* Mel. Je suis sérieux.

Je lève les yeux au ciel. Ça ne vaut pas la peine de polémiquer avec lui. Il n'a jamais approuvé aucun de mes petits amis et, pourtant, il a tenté de me caser avec son meilleur pote Jace, qui est de loin le plus répugnant de tous. Clairement, les critères de mon frère sont aussi variables que les hauts et les bas de sa consommation de drogue et d'alcool.

Mon frère tapote un coussin près de lui. Je m'assieds discrètement et observe les gens un instant. Le volume de la musique monte d'un cran, les verres se remplissent de plus en plus et les esprits s'échauffent.

Quelques minutes plus tard, Logan demande à mon frère s'il veut allumer un autre joint. Je balaie la salle des yeux à la recherche d'Hardin. Je ne pense vraiment pas pouvoir me faire à ce nom.

Il est là, seul dans la cuisine, debout contre le bar. La bouteille de whisky a visiblement diminué depuis tout à l'heure, disons quinze minutes plus tôt.

Il aime donc faire la fête. Bien.

Je me lève rapidement du canapé. Un peu trop vite. Quand Dan agrippe mon bras, je me dis qu'il va falloir lui donner une bonne excuse pour quitter la pièce. Si je lui dis que c'est pour rejoindre Hardin, je sais qu'il me suivra.

– Où vas-tu ?

– Aux toilettes.

Je mens, mais je n'ai pas le choix. Je déteste que chaque fois qu'il m'invite à l'une de ses soirées, il se prenne pour mon père dès que je ne suis plus près de lui.

Il me regarde fixement et tente d'évaluer s'il peut me croire ou pas, mais je me détourne. Je sens ses yeux sur moi quand je traverse le salon et me dirige vers les escaliers. Les seules toilettes dans cette immense maison sont en haut, ce qui n'a aucun sens, mais voilà, c'est une fraternité.

Je monte tranquillement les marches. Lorsque j'arrive en haut, je jette un dernier coup d'œil à mon frère, me retourne et, tout à coup, je me prends un mur sombre en pleine face. Sauf que ce n'est pas un mur, c'est Hardin.

– Merde, pardon !

J'essuie la trace humide sur son t-shirt causée par le vin que je viens de renverser. Je le charrie :

– Au moins, la tache ne risque pas de se voir.

Ses yeux verts sont si intenses que je dois détourner le regard. D'un ton neutre, limite désobligeant, il me répond :

– Ah, ah ! Très drôle !

Pas très sympa. Sans réfléchir, je lui lance :

– Mon frère m'a dit de me tenir éloignée de toi.

La façon qu'il a de me regarder est insoutenable. Ça me rend folle de le regarder fixement, mais je ne baisserai pas les yeux. J'ai l'impression qu'il est habitué à ce que les filles fassent ça. Je me dis que c'est comme ça qu'on perd avec lui.

Il soulève un sourcil, celui qui a le piercing.

– Il t'a dit ça ?

Ouais, c'est sûr, il a un accent anglais. J'aimerais le lui faire remarquer, mais je sais à quel point c'est énervant que les gens commentent la manière dont vous parlez. On me le fait tout le temps.

J'acquiesce d'un signe de tête, et l'Anglais récidive :

– Et pourquoi donc ?

Je ne sais pas... même si j'aimerais bien. Je plaisante :

– Tu dois être vraiment odieux si Dan ne t'aime pas.

Ça ne le fait pas sourire.

Mes épaules sont tendues maintenant. Le magnétisme d'Hardin m'a déjà captée.

– Si on commence à prendre en compte l'avis de ton frère, on est baisés.

Mon réflexe est de prendre la défense de mon frère, de lui dire qu'il n'est pas si mauvais mais juste incompris. Je devrais le défendre après ce qu'il vient de dire.

Et puis je me rappelle le jour où toute la famille de l'ancienne petite amie de Dan est venue à la maison. La pauvre fille, enceinte, se cachait derrière son père, furieux. Mon père a signé un chèque et ils ont emporté à jamais avec eux mon neveu ou ma nièce. Au fond de moi, j'ai conscience que quelque chose cloche chez mon frère, mais je refuse de voir la vérité en face.

Jusqu'à présent, entre ma mère, mon père et cette Tasha, il est tout ce que j'ai.

Je rigole :

– Je suis sûre que tu es cent fois mieux que lui.

Hardin passe sa main tatouée dans ses cheveux pour les dégager de son front.

– Non. Je suis pire.

Il plonge son regard dans mes yeux noisette et, quelque part, je sais qu'il est sérieux. Je devine l'avertissement derrière ses mots ; mais quand il me tend la bouteille de whisky à moitié vide, je prends une gorgée.

La liqueur est brûlante dans ma gorge. Autant que son regard.

Et j'ai la sensation qu'Hardin est fait de cette même essence.

Steph

La première fois qu'il fit la connaissance de la fille aux cheveux rouges et aux bras couverts de tatouages, il vit quelque chose de sombre en elle. Il sentit une forme de rivalité dans la manière qu'elle avait de fixer son amie dont les cheveux étaient plus clairs que les siens. Elle se comparait à elle en tous points. Il sentit ce besoin profond et désespéré d'attention.

Elle lui rappelait l'histoire de Roussette, la jeune fille d'un conte de fées qu'il lisait quand il était enfant. La princesse aux cheveux rouges était jalouse de ses plus jeunes sœurs quand elles se marièrent avec des princes, même si elle-même épousa un amiral. Mais ce n'était pas suffisant. Il ne lui semblait pas assez bien alors qu'il lui donnait, pourtant, une meilleure situation que celle de ses sœurs.

La fille haïssait l'idée que quelqu'un d'autre obtienne ce qu'elle pensait lui revenir de droit. Elle ne supportait pas de ne pas être la première en tout et se faisait violence pour être celle que les gens remarqueraient. Et elle croyait que ce qu'elle méritait était ce qu'il y avait de mieux sur Terre.

• ——— •

Mon père rentre tard du travail, une fois de plus. Il est rentré tard tous les soirs de cette semaine alors que j'avais besoin de sa voiture pour aller chercher ma robe pour le bal de promo. Toutes mes amies ont leur robe depuis plus d'un mois maintenant et je commence sérieusement à paniquer. Si je n'ai pas ma robe pour le bal, je vais péter les plombs. C'est frustrant et vraiment chiant que mon père soit encore en retard. Évidemment, ma mère est bien trop occupée à surveiller ma nièce pour m'écouter me plaindre, même si c'est parfaitement justifié.

Tout tourne autour de ma sœur et de son bébé. Les gens disent que l'enfant le plus jeune d'une famille est toujours le chouchou, mais ce sont des conneries. Ça semble vrai, dit comme ça. Mais moi, j'ai grandi en ne portant que des vêtements déjà utilisés par ma sœur. Mes fêtes d'anniversaire ont toujours été organisées à la dernière minute et personne ne venait en dehors de ma famille proche. Je suis la rejetée de la famille. Celle qui est bizarre. L'extraterrestre devenue transparente au sein de sa propre maison. Je ne suis pas sûre de comprendre pourquoi.

La dernière fois que ma mère m'a adressé plus de deux mots, c'est quand j'ai ruiné le lavabo du haut avec ma coloration rouge bon marché. Elle était en panique parce que mon timing était parfait : c'était la nuit avant la *baby shower* de ma sœur Olivia. Alors oui, j'ai peut-être accidentellement renversé un peu de coloration sur le tapis de bain, et il est possible que j'aie utilisé les serviettes brodées de mes parents pour protéger mes épaules du rouge pétant qui imprégnait mes mèches de cheveux.

Mais bon, je n'ai pas *osé* abîmer le t-shirt d'Olivia quand elle avait mon âge, tu vois.

Un autre genre de chose que je déteste entendre, c'est : « *Quand Olivia avait dix-sept ans, elle était la présidente du conseil d'étudiant* » ou encore : « *Quand Olivia avait dix-sept ans, elle n'avait que des bonnes notes et sortait avec un garçon populaire qu'elle a épousé juste après le lycée.* »

Je n'en peux plus d'être comparée à ma sœur. Elle est l'enfant prodige. On dirait qu'il n'y a rien que je puisse faire pour remporter ne serait-ce que la médaille d'argent. J'ai tellement hâte d'entrer à l'université. À cause de la pression permanente de mes parents, je vais justement à Washington Central, là où Olivia a été diplômée avec tous les honneurs.

Ils n'en ont jamais rien eu à faire de cette université jusqu'à ce que ma sœur y aille. Mais j'en ai ras-le-bol. Je ne lui arriverai jamais à la cheville, de toute façon. J'en ai marre d'essayer. Alors, plutôt que de me rebeller, je préfère aller là-bas et tout faire péter.

Alors que la Jeep de mon père s'engage dans l'allée, j'attrape mon sac, jette un dernier coup d'œil à mon reflet dans le miroir et me rue dans les escaliers. Dans ma précipitation, je manque bousculer ma mère. Je ne suis même pas sûre qu'elle l'ait remarqué tant elle semble absorbée par son e-book. Comme d'habitude.

La porte d'entrée s'ouvre. Ma sœur entre dans le salon, suivie de mon père. Sierra, ma petite nièce, est endormie dans ses bras. Elle traverse tranquillement la pièce et soupire :

– Je suis tellement fatiguée.

Ma mère s'empresse de la rejoindre après avoir refermé et posé négligemment sa tablette sur le rebord de la cheminée. Évidemment, pour Olivia, elle peut faire un break. Mon père propose à ma sœur :

– Stéphanie peut te reconduire chez toi, ma chérie.

Je jette mon sac sur mon épaule et attrape les clés :

– Mais Papa, je dois aller chercher ma robe pour le bal de promo et ils ferment dans une demi-heure !

– Olivia et Sierra peuvent venir avec toi.

Ma sœur intervient :

– Ça ne me dérange pas. Laisse-moi juste passer à la salle de bains une minute.

Ses cheveux bruns et soyeux se balancent légèrement quand elle parle. Elle porte un pantalon kaki et un t-shirt à manches courtes orné de petits imprimés fleuris. Mon père sourit, comme si sa fille aînée était la personne la plus attentionnée et la plus prévenante du monde.

C'est *vraiment* insupportable.

– Ok. Mais ils ne garderont pas ma robe un jour de plus, donc si je ne peux pas aller au bal, ça sera de ta faute.

Olivia secoue la tête et je sors de la maison en contournant mon père.

– Je vous attends dans la voiture.

J'allume le contact et attends Olivia. Cinq minutes passent. Dix. J'envoie deux textos, mais pas de réponse. Je sais qu'elle les lit grâce au petit indicateur de mon portable. Pourtant, elle est toujours dans la maison. Je suppose qu'elle et ma mère en sont à leur quatrième câlin d'au revoir. Ma mère fait toujours ça quand nous allons dans la maison de ma grand-mère. Elle réclame des câlins pour satisfaire son besoin d'affection. Douze minutes se sont écoulées. Je finis par sortir de la voiture pour retourner dans la maison.

Juste au moment où je claque la portière, ma sœur sort d'un pas langoureux, un petit sourire sur le visage. Elle doit encore attacher Sierra dans son siège.

– Olivia, il faut y aller.

Elle soupire et marmonne un semblant d'excuse.

Il est 20h03 lorsque nous arrivons devant le magasin. Le panneau sur la porte est retourné du côté FERMÉ et les lumières sont éteintes.

Et voilà, je n'aurai pas ma robe. Aujourd'hui, c'était l'ultime échéance et j'avais déjà demandé une prolongation. J'avais même supplié qu'ils m'accordent un délai supplémentaire mais ils avaient été très clairs : c'était le dernier jour. Ça craint vraiment. Je pose ma tête sur le volant.

– Je suis désolée, Stéphanie.

Je me retourne vers elle et la fusille du regard.

– C'est ta faute !

– Non, ce n'est pas ma faute.

En plus, elle a le culot d'avoir l'air étonnée.

– Papa voulait m'emmener faire du shopping pour Sierra qui avait besoin de nouvelles chaussures. Elle grandit si vite.

De nouvelles chaussures pour le bébé ? Elle se fout de moi ? Je n'ai pas de robe pour le bal parce que son bébé a besoin de nouvelles chaussures – la gamine ne sait même pas marcher ! Je commence à hausser le ton :

– Pourquoi Papa ne t'a pas directement ramenée chez toi ? Tu serais rentrée bien plus tôt et tu aurais eu plus de temps.

– Je ne me sentais pas fatiguée à ce moment-là... Je ne sais pas.

Elle hausse les épaules. Comme si mon temps n'avait aucune valeur pour elle. Comme si ce n'était pas un problème. Je secoue la tête et pose mon visage dans mes mains.

– C'est vraiment des conneries !

– Ne parle pas comme ça devant mon bébé !

Je bous intérieurement. Nous quittons le parking et restons silencieuses durant tout le trajet. Olivia se comporte comme si elle n'avait rien fait de mal et moi, je suis trop furieuse pour lui adresser la parole. Je ne la supporte plus. Elle me prend tout – et pour couronner le tout, Sierra continue de pleurer à m'en faire exploser le crâne.

Je hais ma vie.

En arrivant devant chez Olivia, elle me remercie de l'avoir déposée. Hors de question que je mette un pied dans sa nouvelle maison et je suis soulagée qu'elle ne me le propose pas. Une maison que mes parents l'ont, à coup sûr, aidée à acheter. Son mari, Roger, est une personne discrète : il ne dit pas grand-chose en présence de ma famille. Olivia lui demande probablement de ne pas le faire. Je suis sûre que tout le monde est prévenu à mon sujet avant de me rencontrer.

Je n'ai vraiment pas envie d'entrer chez elle, mais j'ai besoin de faire pipi et j'en ai encore pour un quart d'heure de route avant d'arriver chez mes parents. En pénétrant chez Olivia, je remarque tout de suite une *très forte* odeur de cannelle. Olivia pose des bougies parfumées dans toutes les pièces.

Roger est dans le canapé, la télécommande dans une main, son ordinateur posé sur les genoux. Quand il nous voit entrer dans la pièce, il sourit à sa femme et me demande poliment comment je vais. Je lui réponds que je n'ai pas changé depuis la dernière fois que l'on s'est vus, bien que je ne m'en souvienne pas vraiment, en fait.

Après quelques minutes de conversation gênée, Olivia nous annonce qu'elle va coucher la petite. Elle monte les escaliers, un gros nounours dans une main et un biberon dans l'autre. Roger me jette à peine un regard lorsque je me promène à travers la pièce pour contempler leurs photos de famille débiles sur le rebord de la cheminée. Roger se lève pour aller dans la cuisine afin, sans doute, d'éviter toute conversation avec moi.

Sur la dernière photo, leur petite famille parfaite pose dans un cadre en bois, tous vêtus de noir et blanc. En me dirigeant vers la cuisine, je découvre accrochée au mur de l'entrée, dans un grand cadre en métal, une photo d'Olivia et Roger le jour de leur mariage. Ma sœur est si parfaite sur cette photo : une coiffure parfaite, un maquillage parfait et une robe si belle. Une robe blanche en taffetas de soie qui effleure le sol d'une manière royale. On dirait une princesse, comme si cette robe était faite pour elle.

Sa robe est l'exact opposée de celle qui était supposée être la mienne. Celle que j'étais censée récupérer ce soir était en coton et tulle noirs. Le corsage était ajusté près du corps et la jupe en forme d'étoile avec des lacets qui s'entrecroisent sur les côtés. C'est une robe que je n'aurai jamais, à cause d'Olivia. Et là, tout de suite, je rêve de peinture noire pour bousiller sa parfaite petite robe débile. Je poursuis mon exploration, et mon regard s'arrête sur une photo de Roger, son bras enveloppant le gros ventre d'Olivia lorsqu'elle était enceinte.

Elle a ruiné mon bal de promo. Je vais ruiner son mariage.

Quand j'entre dans la cuisine, Roger se tient debout devant le frigo, le visage penché à l'intérieur et dissimulé par la porte. Je pianote des doigts contre le bar en pierre pour attirer son attention. Au moment où il se retourne, je tire sur le bas de mon t-shirt et lui dévoile une bonne partie de mon décolleté. Il prend une grande inspiration et se met à tousser nerveusement.

Je souris. Je parie que ma sœur n'a pas baisé son mari depuis qu'elle a accouché.

– Oups ! Pardon.

J'enroule une mèche de cheveux autour de mon doigt tandis que le regard de Roger tente, tant bien que mal, de ne pas parcourir mes jambes mises en valeur par mes collants résille. Je lui susurre, tout en continuant de m'approcher de lui :

– Bonsoir...

Mon cœur bat à mille à l'heure. Je ne sais pas ce que je suis en train de foutre, mais j'en veux à ma sœur. J'en ai plus qu'assez qu'elle obtienne toujours tout ce qu'elle veut, que le monde tourne sans cesse autour de la parfaite Olivia. Si rien ne m'appartient, alors à elle non plus. Et surtout pas son petit toutou de mari fidèle.

– Qu'est-ce que tu fais, Stéphanie ?

Son visage est bien plus pâle qu'il y a une seconde.

– Rien. Je discute.

J'attrape le bas de ma jupe, la remonte plus haut, jusqu'au milieu de mon ventre, et lui dévoile mon soutien-gorge en dentelle. Roger recule, et son dos, heurtant le placard en bois, referme la porte en même temps. Je lui demande en rigolant :

– Quelque chose ne va pas ?

Mon estomac est noué et je sens que je vais m'évanouir d'une seconde à l'autre. Mais, d'un autre côté, je me sens tellement exceptionnelle et puissante. L'adrénaline, je suppose. J'adore ça. J'en veux encore. Je m'approche encore plus près et saisis la fermeture de ma jupe.

Roger se cache le visage :

– Arrête, Stéphanie !

Fait chier ! Il est vraiment le petit toutou fidèle que j'imaginais. Cette constatation ne fait qu'accroître ma rage.

– Allez Roger. Ne sois pas si...

– Stéphanie ! Bon sang, qu'est-ce que tu fous ?

La voix d'Olivia retentit dans toute la cuisine.

Je me tourne vers elle et la vois appuyée contre la porte. Elle s'est mise en pyjama, celui en flanelle avec les rayures bleues. Elle est furieuse.

Au bout de quelques secondes, elle se tourne vers son mari :

– Roger ?!

– Je ne sais pas, chérie, elle est venue ici et a commencé à se déshabiller.

Il agite ses mains en l'air nerveusement pour faire comprendre à sa femme à quel point son aguicheuse de sœur est folle.

Elle se tourne vers moi et me foudroie du regard.

– Fous le camp, Stéphanie !

– Tu ne me demandes même pas si ce qu'il dit est vrai ?

Ce constat me rend dingue. Je jette mon sac sur mon épaule et rabaisse ma jupe.

– Je te connais.

Elle me connaît ? Elle ne me connaît pas du tout, à vrai dire. Si c'était le cas, elle ne serait pas une telle connasse égoïste.

– Et… ?

Je regarde Roger et il recule comme si j'étais un serpent dangereux. Comme si lui pouvait me juger ! S'il n'avait pas eu la trouille de se faire surprendre, je peux garantir qu'il m'aurait sautée, là, sur leur bar en granite brillant.

– Bon. Tu as essayé de séduire mon mari, oui ou non ?

La bouche d'Olivia tremble ; elle retient ses larmes. Je devrais nier, leur renvoyer la faute et l'accuser, lui. Je peux pleurer sur commande aussi. Si je voulais, je pourrais la convaincre de n'importe quoi.

Oh, et puis merde.

– Tu n'es qu'une salope égoïste !

Elle m'incendie carrément. Roger traverse la cuisine pour la prendre dans ses bras.

Je suis une salope égoïste ? Sérieusement ? Elle obtient toujours tout ce qu'elle veut, putain, et j'en ai marre de ces conneries. J'en ai assez de toujours être la seconde en tout. Elle devrait s'estimer heureuse que je ne lui aie pas infligé pire que ça ! J'aurais pu lui faire encore bien plus mal, à lui comme à elle. J'ai même quelques idées qui me viennent… et ça me plaît.

– Va-t'en, Stéphanie !

Olivia secoue la tête tandis que son mari caresse ses mains tremblantes.

C'est exactement ce que je vais faire. Partir bientôt. Je n'aurai plus à endurer toute cette merde.

Je pars pour l'université.

Et une fois là-bas, j'ai bien l'intention de *faire la loi* dans ce putain de campus.

PARTIE II

Pendant

Hardin

Il était comme une âme en peine, traversant la vie sans rien en attendre de particulier. Il commençait à s'habituer à cette ville étrangère – allant jusqu'à imaginer que chaque nouvelle nuit passée loin de chez lui atténuerait un peu plus son accent anglais. Sa vie ressemblait aux mouvements d'un automate : les mêmes actes, les mêmes réactions, les mêmes conséquences. Les femmes défilaient et se confondaient dans un tourbillon de Sarah, de Laura et de Jane Does...

Il ne voyait vraiment pas comment sa vie pourrait continuer ainsi, jour après jour.

Et puis, la première semaine de l'année suivante, il fit sa connaissance. Comme si quelqu'un ou quelque chose de plus puissant que lui l'avait stratégiquement placée là, dans cette université de Washington Central, pour le narguer. Ce quelqu'un – ou quelque chose – savait qui il était et de quoi il était capable. À croire qu'il était programmé pour voler une autre âme innocente et briser la vie d'une nouvelle fille. *Cette fois, ça ne sera pas si grave*, pensait-il. Il se disait qu'il n'irait pas aussi loin qu'auparavant. Que cette fois, ce serait différent, plus inoffensif. Juste pour s'amuser un peu.

Et ce fut le cas au début. Jusqu'à ce que le vent s'engouffre dans ses cheveux pour lui effleurer le visage. Jusqu'à ce que ses yeux gris hantent son sommeil et que le rose de ses lèvres le rende fou. Il tomba violemment amoureux d'elle – ce fut si rapide qu'au début il n'était pas certain qu'il s'agisse d'un vrai sentiment ou du simple fruit de son imagination. Mais il le sentit... il le sentit résonner en lui comme le rugissement d'un lion. Et il devint accro à elle, un peu plus à chacune de ses respirations, dans chacune de ses pensées.

UNE NUIT, alors que la neige tombait et recouvrait le bitume, il était assis seul, dans un parking, les mains agrippées au volant de sa vieille Ford Capri. Il voyait trouble et ne pensait plus clairement.

Comment avait-il pu faire ça ? Que s'était-il passé pour que tout dégénère aussi vite ? Il n'en était pas sûr, pourtant il savait, il sentait au plus profond de lui-même qu'il n'aurait jamais dû agir ainsi et qu'il le regretterait amèrement. Et d'ailleurs il le regrettait déjà.

Elle n'aurait dû être qu'une proie facile. Qu'une jolie fille au sourire innocent et aux yeux d'une couleur étrange supposés n'avoir ni profondeur ni intelligence. Il n'était pas censé tomber amoureux d'elle, tout comme il n'était pas prévu qu'elle lui donne l'envie de devenir quelqu'un de bien.

Jusque-là, il ne s'était jamais remis en question.

Tout semblait aller bien, avant – avant qu'il ne commette la plus belle erreur de sa vie en la laissant devenir son univers tout entier. Mais voilà, il l'aimait. Il l'aimait tellement que l'idée qu'elle puisse le quitter le terrifiait – la perdre signifiait se perdre lui-même, et il se savait incapable de surmonter ça, tant il était conscient d'avoir vécu jusqu'à présent sans attaches, dans l'insouciance la plus totale.

Alors que ses doigts agrippaient plus fort le volant noir, au point de blanchir ses articulations, ses pensées s'embrouillèrent. Puis, dans un élan de désespoir et de lucidité irrationnelle, il réalisa là, dans le silence de ce terrain vague, que ses peurs envahissaient, qu'il ferait tout – absolument tout – pour la garder à jamais.

Les mois qui suivirent, il ne fit que la gagner, la perdre et la gagner de nouveau. Il n'arrivait pas à la conquérir vraiment. Il l'aimait. Son amour pour elle brillait plus fort que n'importe quelle étoile et, pour le lui montrer, il surligna des passages entiers des dix mille romans qu'elle préférait. De son côté, elle lui donna tout. Il l'observa tomber amoureuse de lui en espérant pouvoir arrêter de la décevoir. Elle croyait en lui, et cela lui donna envie de devenir quelqu'un de meilleur, pour elle.

Il voulait lui prouver qu'elle avait raison et que le reste du monde avait tort. Elle lui fit goûter à un sentiment qu'il ne connaissait pas : l'espoir. Il ne savait même pas que ça pouvait exister.

Sa présence l'apaisait ; la brûlure dans son cœur s'atténuait et il commença à devenir accro à elle. Il la poursuivit jusqu'à coucher avec elle et une fois qu'il l'eut prise, aucun des deux ne put s'arrêter. Le corps de cette fille était devenu son gilet de sauvetage, son esprit était devenu son refuge. Mais plus il l'aimait et plus il la blessait. Il ne pouvait rester loin d'elle et, au gré de leurs disputes et de leur évolution, elle devint la normalité qu'il avait attendue toute sa vie.

La relation qu'il avait avec son père continua d'évoluer doucement vers quelque chose de presque familier. Après quelques dîners de famille, la haine qu'il ressentait envers cet homme commença à se dissiper. Il voyait son père différemment et ça l'aidait à envisager ses travers sous un autre angle. C'était dans ces moments-là, quand sa vie changeait et que sa famille évoluait, qu'il avait besoin d'elle comme d'une ancre. Il apprenait à se soucier des autres d'une manière dont il ne se serait jamais cru capable auparavant.

Ce n'était pas facile pour lui de lutter contre vingt ans de schémas destructeurs et de comportements pulsionnels primaires.

Chaque jour, il devait lutter contre l'appel de l'alcool dans ses veines, contre la colère qu'il tentait d'évacuer... sans savoir comment. Il fit le serment de se battre pour elle – et c'est ce qu'il fit. Il perdit quelques batailles mais jamais l'espoir de remporter la guerre. Elle lui apprit à rire, elle lui apprit à aimer – ce qu'il ne manifestait encore que de temps en temps, mais plus jamais il n'arrêterait de le faire.

1

Les derniers jours de vacances d'été sont les meilleurs. Tout le monde est grave survolté et profite de ce moment pour réaliser ses désirs et ses plans de dernière minute. Les fêtes sont blindées et les filles encore plus chaudes... mais même avec ça, putain, j'ai hâte que le semestre démarre. Pas parce que je suis un étudiant de première année débile, ou parce que le monde merveilleux de l'université m'excite. Non. J'angoisse parce que je sais que si je joue correctement mes cartes, je serai diplômé au printemps, avec une année d'avance.

Pas trop mal pour un délinquant sur lequel personne n'aurait misé un kopeck, sur son entrée à l'université et encore moins sur l'obtention de son diplôme avant l'heure.

Ma mère flippait tellement pour mon avenir qu'elle m'avait envoyé à l'autre bout du monde vivre près de mon père, dans le grandiose État de Washington. Elle s'était servie de cette excuse merdique de me voir renouer avec lui. Mais je n'étais pas stupide. Je savais que, tout simplement, elle ne pouvait et ne voulait plus gérer tout mon bordel. Et me voilà expédié en Amérique comme un bon vieux colon puritain.

– T'y es presque ?

« Cheveux roses et lèvres gonflées » lève les yeux vers moi depuis mon entrejambe. J'avais presque oublié qu'elle était là.

– Ouais.

Je pose mes mains sur ses épaules. En fermant les yeux, je laisse le plaisir qu'elle est en train de me donner m'envahir. Une distraction, voilà ce qu'elle est. Rien de plus.

La pression dans ma queue s'intensifie. Je ne cherche même pas à lui faire croire que j'apprécie sa compagnie pour autre chose que le sexe quand j'éjacule dans sa bouche humide.

Quelques secondes plus tard, elle essuie ses lèvres avec le dos de sa main et se redresse.

– Tu sais...

Molly attrape son sac et en sort un rouge à lèvres noir.

– Tu pourrais au moins faire semblant d'être un peu intéressé, connard.

Elle pince les lèvres puis essuie l'excès de maquillage de sa bouche avec son doigt. En me raclant la gorge, je réponds :

– Je le suis. En train de faire semblant.

Elle lève les yeux au ciel et me fait un doigt d'honneur. Je suis intéressé – sexuellement du moins. Elle baise assez bien et il m'arrive d'apprécier sa compagnie. On se ressemble beaucoup, elle et moi. Tous les deux rejetés par nos familles. Je ne connais pas grand-chose de son passé, mais assez pour savoir que de sales trucs lui sont arrivés qui lui ont fait faire tout ce chemin, de sa riche petite ville en Pennsylvanie jusqu'à Washington. Tout en enfonçant sa casquette sur son visage, elle marmonne :

– Connard.

Elle est bien mieux avec ses lèvres naturellement rosées. Ses lèvres gonflées d'avoir eu ma bite dans sa bouche.

Molly est une connaissance. Bon, ok, une amie avec quelques avantages en nature je dirais. Notre « amitié » ne nous engage à rien. On est tous les deux libres de faire ce que l'on veut et de baiser qui l'on veut, quand on veut. Elle me déteste la moitié du temps, mais ça me va. C'est réciproque.

Le reste de nos amis nous font chier au sujet de nos rapports, mais c'est comme ça que ça marche. Elle suce bien et ne s'éternise pas après. La situation idéale pour moi. La sienne aussi, semble-t-il. Elle me demande :

– Tu viens à la fête ce soir ?

Je me redresse aussi, en remettant mon boxer et mon jean. Je lève un sourcil :

– Je vis ici, non ?

Je ne peux pas blairer cet endroit. Tous les jours, je me demande comment j'ai pu atterrir ici, dans cette putain de fraternité.

Mon connard de donneur de sperme. Voilà comment. Ken Scott est un enculé de première, de la pire espèce. Un enfoiré d'alcoolique qui, après avoir détruit toute mon enfance, a changé radicalement et soudainement sa vie, comme par magie. Jusqu'à emménager avec une femme et son fils, un loser de deux ans plus jeune que moi.

C'est sa seconde chance, je suppose. Ken Scott a droit à une putain de seconde chance, et moi, j'ai juste celle d'être dans cette fraternité débile d'une université dont il est le président, en plus. Le pire, c'est qu'il m'a pratiquement supplié d'emménager avec lui. Comme s'il pensait sérieusement que j'irais vivre sous son toit, sous son contrôle. Quand j'ai refusé, j'ai cru qu'il me prendrait un appartement, mais bien sûr ce ne fut pas le cas. Alors, me voilà logé dans cet endroit ridicule. Ça l'a vraiment emmerdé que je choisisse ce lieu pourri plutôt que son palais immaculé.

Il est vrai que cette foutue fraternité a quand même quelques avantages. Une baraque énorme avec des fêtes tous les soirs, un flux constant de chattes à s'en gaver et le meilleur dans tout ça: personne n'ose me chercher des emmerdes.

Aucun des membres ne semble dérangé par le fait que je n'en branle pas une pour représenter la confrérie. Je ne porte pas leurs stupides sweat-shirts et ne colle aucun de leurs autocollants à la con sur ma voiture. Je ne participe jamais à leurs merdes de bénévolat et je gueule encore moins le nom de leur fraternité partout où je vais. Ils font quelques trucs sympas pour la communauté, mais dans le fond ils n'en ont rien à foutre. Mais rien de tout cela n'a d'importance.

Je jette un coup d'œil dans la chambre et réalise que je suis seul. Molly a dû partir sans même que je m'en aperçoive.

Je me lève et ouvre la fenêtre, histoire d'aérer un peu la chambre avant qu'elle ne soit réutilisée ce soir. Toutes ces chambres vides dans la maison jouent en ma faveur car je ne supporte pas d'avoir qui que ce soit dans la mienne. C'est trop intime ou quelque chose dans le genre. Je ne sais pas pourquoi, mais je n'aime pas ça et tout le monde a vite compris, d'une manière ou d'une autre, qu'il ne fallait pas venir traîner dans mon coin. Molly comme n'importe laquelle des autres filles savent que nous ne pouvons utiliser que ces chambres vides, et pas la mienne.

Alors que j'approche de ma chambre, je vois Logan trébucher dans le couloir, une petite nana aux cheveux frisés au bras. Elle n'est pas discrète sur ses intentions à son égard, et je le suis encore moins pour exprimer ma répulsion. Je leur crie :

– Prenez-vous une putain de chambre !

Elle glousse et me fait un doigt d'honneur au moment où je claque ma porte. C'est la coutume ici. Tout le monde m'ignore ou me dit d'une manière ou d'une autre d'aller me faire foutre. Ça me va très bien. Je préfère de loin rester assis, seul dans ma chambre, à attendre la prochaine défonce synthétique.

Je passe mes doigts sur l'étagère poussiéreuse de la bibliothèque. Je n'arrive pas à me décider sur le choix d'un roman. Hemingway peut-être ? Il pourrait me donner une bonne dose de cynisme. La deuxième sœur Brontë ? Je pourrais me contenter d'une horrible histoire d'amour à la con, là maintenant. J'attrape *Les Hauts de Hurlevent* puis retire mes boots avant de m'allonger sur le lit.

Je n'arrive pas à expliquer l'effet que produit sur moi ce roman, ce qui me pousse à le lire et le relire tant de fois, mais je me retrouve toujours à feuilleter les pages de cette sombre histoire. C'est complètement barré, vraiment – deux personnes qui se mettent ensemble, puis se séparent. Ils se déchirent, détruisant au passage leur entourage juste parce qu'ils sont trop égoïstes et bornés pour gérer leurs merdes ensemble.

Mais pour moi, c'est le meilleur dans ce genre de putain d'histoire. Quand je le lis, j'aime en sentir l'atmosphère sombre, pas celle des romans à l'eau de rose avec des petites fleurs et des rayons de soleil qui me donnent envie de gerber dans les pages puis d'en brûler les preuves.

– Oh oui ! Putain, oui !

Les cris perçants d'une voix féminine traversent la mince cloison.

– Fermez vos gueules !

BEFORE

Je cogne mon poing contre le vieux parquet, attrape l'oreiller et le plaque sur mes oreilles.

Plus qu'une putain d'année. Une seule année de cours à la con et d'exams faciles. Une année de plus à traîner dans ces fêtes monotones, pleines de ces gens qui font bien trop attention à ce que les autres pensent d'eux. Une putain d'année encore à me contrôler, et je pourrai enfin rentrer mon cul à Londres, là où est vraiment ma place.

2

Aujourd'hui encore, il se souvient de l'odeur de vanille qui emplissait la petite chambre du dortoir, la première fois qu'il s'était retrouvé seul avec elle. Ses cheveux étaient humides, elle avait une serviette enroulée autour de son corps aux formes pulpeuses, et c'était la première fois qu'il remarquait la façon dont sa poitrine se gonflait quand elle était en colère. En colère, il la verrait, encore et encore. Des putains de colère. Plus de fois qu'il ne pourrait le compter. Mais il n'oublierait jamais, au grand jamais, la manière qu'elle avait d'être si polie avec lui au début. Il prit cette politesse pour de la fierté. Il pensa : *encore une fille bornée qui se prend pour une femme.* L'étrange fille restait impassible, autant qu'elle le pouvait. Sans aucune raison. Elle ne lui devait rien, et elle ne lui doit toujours rien même aujourd'hui. Alors, il ne lui reste plus qu'à espérer la voir en colère contre lui, encore et toujours, pour le restant de sa vie.

Mais maintenant, assis seul et pris au piège de ses propres erreurs, il s'accroche à ces lointains souvenirs. Des souvenirs où sa colère à lui et sa colère à elle font partie du peu de choses qui le maintiennent en vie après qu'elle l'a quitté.

• ——— •

Le premier jour de la rentrée est toujours le meilleur pour observer les gens. Il y a tellement de putains d'idiots qui gesticulent dans tous les sens comme des poulets sans tête. Tellement de filles attifées de leur tenue préférée dans l'attente désespérée d'attirer l'attention des garçons.

Chaque année, c'est la même histoire, dans chaque université du monde. Washington Central Union se trouve juste être celle dans laquelle je vais. J'aime assez ; c'est facile, et mes profs me facilitent la tâche. Même si je donne l'impression d'en avoir rien à foutre, je me débrouille plutôt bien, académiquement parlant. Si je « m'appliquais plus », je pourrais être encore meilleur, mais je n'ai ni le temps ni l'énergie d'être obsédé par les notes, les plans d'avenir ou n'importe quoi d'autre de ce genre. Je ne suis pas aussi stupide que les profs s'imaginent. Je peux louper une semaine entière de cours et toujours cartonner aux exams. J'ai vite compris que tant que je pourrais faire ça, ils me laisseraient tranquille.

En face du bâtiment de l'association étudiante, c'est l'endroit idéal pour assister au spectacle.

Et rester assis là, pour regarder tous les parents en larmes, doit être de loin mon moment préféré. Ça m'amuse vraiment parce que ma mère n'arrivait pas se débarrasser de moi assez rapidement, alors que certains parents ici agissent comme si on leur arrachait un bras quand leurs enfants – enfants *adultes*, dois-je vous rappeler – partent pour l'université. Ils devraient se réjouir, au lieu de pleurnicher comme d'insupportables marmots, que leurs enfants fassent enfin quelque chose de leur vie. S'ils prenaient le temps d'aller faire un tour dans mon ancien quartier, ils seraient certainement en train d'embrasser le sol, reconnaissants envers Washington Central University de donner à leurs enfants une chance de réussir dans ce monde.

Une femme aux énormes seins siliconés et aux cheveux peroxydés enlace son fils chétif, vêtu d'une chemise à carreaux. J'affiche un large sourire lorsqu'il se met à pleurer dans ses bras. Petite bite. Son père est de dos et se tient éloigné de cette vision pathétique. Il vérifie régulièrement sa montre hors de prix en attendant que son fils et sa femme cessent de pleurnicher comme des veaux.

Je ne peux imaginer ce que je ressentirais si mes parents s'étaient vraiment intéressés à moi. Ma mère se souciait un peu de moi lorsqu'elle ne passait pas tout son temps à travailler du matin au soir. Elle me laissait me débrouiller pour compenser le manque de responsabilité de mon connard de père. Et je rejetais son aide, à chaque fois. Je ne l'acceptais pas à cette époque et ne l'accepterais toujours pas maintenant. Ni venant d'elle. Ni de personne d'autre.

– Eh, mec.

Nate s'assied en face de moi sur la table de pique-nique et sort une cigarette de sa poche. Il me demande, ses mains jouant avec son briquet :

– C'est quoi le plan ce soir ?

Je hausse les épaules et sors mon portable de ma poche pour vérifier l'heure.

– Je ne sais pas. On doit se retrouver dans la chambre de Steph.

Nate tire sur sa clope ; il me soûle en me proposant d'y aller en marchant. Ce n'est pas très loin, quinze minutes tout au plus, mais je préférerais conduire plutôt que de devoir m'engouffrer dans cette masse d'élèves enthousiasmés de démarrer l'année.

• ——— •

Le temps d'arriver dans les dortoirs, Nate me parle de la fête prévue ce week-end. C'est toujours pareil, chaque week-end. *Qu'y a-t-il de si excitant là-dedans ?*

J'ai l'impression que c'est toujours la même chose. Le même groupe d'amis, les mêmes parties de jambes en l'air, les mêmes fêtes, les mêmes merdes. Seul le jour change.

Je suis sur le point de débarquer dans la chambre quand Nate me rappelle :

– On devrait frapper. Tu te souviens comme elle s'est énervée la dernière fois ?

Je ricane. Ouais, je me souviens bien de ce jour-là. C'était le semestre dernier. Je suis entré dans la chambre de Steph sans frapper et l'ai trouvée à genoux devant ce trou du cul. Je l'appelle trou du cul parce que... eh bien, parce qu'il portait des tongs. Un mec qui porte des tongs, c'est forcément un trou du cul pour moi. Il était gêné et Steph furieuse. Pendant qu'il essayait de s'éclipser, Steph, elle, me balançait à la figure tous les trucs qui se trouvaient sous la main.

Ça m'a fait la semaine de la voir scandalisée à ce point. Aujourd'hui encore, je me fous de sa gueule quand je repense à cette histoire.

J'arrête de rire à ce souvenir quand je l'entends nous crier d'entrer.

Je m'exécute et me trouve accueilli, au beau milieu de la chambre, par un mec blond en cardigan. Steph se trouve entre Nate et moi et regarde les nouveaux venus d'un air amusé. Il me faut un moment avant de remarquer la présence d'une femme à l'air crispé et d'une jeune fille. La femme est sexy... mes yeux ne peuvent s'empêcher d'étudier son corps : une silhouette élancée, de longs cheveux blonds et un tour de poitrine correct. Je lance enfin un regard à la fille quand Nate lui demande :

– Eh ! T'es la coloc de Steph ?

Elle n'est pas trop mal : une bouche pulpeuse et de longs cheveux blonds aussi. C'est à peu près tout ce que je peux voir d'elle car la nana porte des vêtements qui font trois fois sa taille. Je remarque que sa jupe est si longue qu'elle touche le sol, et ça m'horripile. En un clin d'œil, je suis capable de dire que la fac ne sera pas une partie de plaisir pour cette fille.

Par exemple: elle est en train de fixer ses pieds, nerveuse à mort. C'est quoi son problème?

Elle marmonne d'une voix à peine audible, à la limite du supportable:

– Heu... oui. Je m'appelle Tessa.

Je regarde Steph qui affiche un petit sourire moqueur puis s'assied sur son lit sans jamais lâcher la fille des yeux.

Nate lui adresse un sourire. C'est toujours lui, le plus sympa de nous deux.

– Je m'appelle Nate. Ne sois pas si nerveuse.

Je ne vois pas l'intérêt de ce semblant de papotage, surtout avec cette petite bouche. Les yeux écarquillés, elle fixe Nate qui s'approche d'elle. En posant une main sur son épaule, il ajoute:

– Tu vas adorer cet endroit. Tu vas te plaire ici.

Quel ramassis de conneries!

La coloc de Steph a l'air terrifiée quand ses yeux se posent sur le poster d'un groupe accroché au mur. Steph n'aurait pas pu tomber sur pire. Elle est discrète, timide et a l'air terrorisée par le monde qui l'entoure. Elle a de la chance que je sois de bonne humeur aujourd'hui; sinon, je me serais amusé à la mettre très mal à l'aise.

– Je suis prête, les gars.

Steph saute du lit, attrape son sac et se dirige vers la porte. Le garçon blond – sûrement le frère de la fille – m'observe, et je jette un œil dans sa direction.

– À plus, Tessa !

Quand Nate lui dit au revoir, je la surprends en train de me fixer. Son regard se pose d'abord sur mon piercing à l'arcade, puis sur l'anneau dans ma lèvre et fait des allers et retours sur chacun de mes bras. En fait, je remarque que la femme et le mec sont en train de faire pareil.

Quoi ? C'est la première fois que vous voyez des tatouages ? Je meurs d'envie de leur dire le fond de ma pensée, mais j'ai l'impression que sa mère n'est pas aussi gentille qu'elle en a l'air, il vaut mieux que je me tienne à carreau. Pour l'instant.

À peine avons-nous posé un pied dans le couloir que j'entends la femme hurler :

– Tu vas changer de chambre, et tout de suite !

Steph pouffe de rire et Nate et moi en faisons autant tout en avançant dans le couloir.

3

Le lendemain matin, comme je n'ai pas envie d'aller à mon premier cours, je décide de me rendre dans la chambre de Steph. Elle est sûrement encore en train de dormir, mais je m'ennuie et son dortoir est, parmi tous ceux de la bande, le plus proche de la salle de mon prochain cours. Je lui envoie un texto pour lui dire que je suis en route, sans attendre de réponse de sa part.

Le hall du vieil immeuble est presque vide hormis quelques étudiants en retard qui se hâtent, affolés, les bras chargés de livres. Je frappe à la porte, histoire de ne pas déclencher une crise cardiaque à Miss Prim. Pas de réponse. Je me permets alors d'insérer dans la serrure la clé que Steph m'a prêtée.

Pour ne pas m'endormir sur le matelas pourri de Steph, je zappe sur les chaînes sur le câble. Juste au moment où un certain « docteur » prodigue ses conseils sur le mariage à deux abrutis, la porte s'ouvre et la coloc de Steph se rue précipitamment dans la chambre. Elle est enveloppée dans une serviette humide, ses longs cheveux ruisselants sont collés à son visage, c'en est presque comique. En me voyant, ses yeux s'élargissent. J'éteins la télé pour observer le spécimen devant moi.

– Humm... Où est Steph ?

Sa voix ressemble presque à un couinement. Elle fixe le sol, me regarde, puis baisse de nouveau les yeux.

Je souris devant sa gêne évidente et reste silencieux.

– Tu m'as entendue ? Je t'ai demandé où était Steph ?

Sa voix est plus douce maintenant, plus polie. Mon sourire s'élargit :

– Aucune idée.

Elle se crispe. J'ai l'impression qu'elle s'agrippe si fort aux bords de sa serviette qu'elle va la déchiqueter. Je rallume la télé et me redresse un peu.

– D'accord. Heu, tu pourrais... heu... sortir, tu vois, pour que je puisse m'habiller ?

Mauvaise pioche parce que je n'ai pas l'intention de partir. Pas maintenant que je viens enfin de trouver une position confortable sur ce lit.

Je me tourne sur le côté et cache mon visage avec mes mains pour la taquiner.

– Arrête de te la raconter, c'est pas comme si j'avais envie de te regarder.

Elle est incroyablement sûre d'elle pour s'imaginer que je puisse m'asseoir et la mater.

Bon... ok, je l'aurais sûrement fait. Surtout que sa serviette moule son corps d'une façon qui me plaît bien.

J'entends ses pas s'agiter dans tous les sens, le bruissement d'un soutien-gorge qui s'agrafe et sa respiration saccadée. Elle est vraiment nerveuse. Je donnerais cher pour voir son visage pendant qu'elle essaie d'enfiler ses vêtements à toute vitesse. Je pourrais baisser mes mains, mais je suis d'humeur décente. En plus, je vais être amené à revoir cette fille, donc mieux vaut rester civil. Je lève les yeux au ciel.

– T'as pas bientôt fini ?

Elle se met à hurler :

– Tu ne peux pas être encore plus désagréable ? Qu'est-ce que je t'ai fait ? *C'est quoi ton problème ?*

Putain ?! Je ne m'attendais pas à une telle répartie dans la bouche d'une fille si innocente. Elle fait tout ce qu'elle peut pour se montrer patiente avec moi, et moi je fais tout ce que je peux pour la faire exploser. J'éclate de rire.

Ça me fait bizarre de rire de cette manière, aussi franchement. Je continue de fixer la coloc de Steph furieuse. Ça n'a pas de prix de voir l'expression de son visage, elle est *tellement* énervée.

La porte s'ouvre et Steph entre en trombe, dans les mêmes vêtements que la veille.

– Désolée d'être en retard. J'ai une putain de gueule de bois.

Je lève encore les yeux au ciel. Évidemment qu'elle a une gueule de bois... ça lui arrive de ne pas en avoir ?

– Désolée, Tess, j'ai oublié de te dire qu'Hardin allait passer.

Elle hausse les épaules. Comme si elle en avait quelque chose à foutre.

La blonde répond sèchement :

– Ton petit ami est très mal élevé.

Alors là c'est trop ! J'éclate de rire. Steph me regarde, les sourcils froncés en me voyant rire autant. Elle s'exclame – sûrement un peu trop fort, avant de s'écrouler de rire avec moi :

– Hardin Scott, mon petit ami, certainement pas ! On a déjà baisé plusieurs fois, mais jamais rien de sérieux.

Je ne fais jamais rien de sérieux.

– Qu'est-ce que tu lui as dit ?

Steph se retourne vers moi et pose ses mains sur ses hanches comme si elle allait me gronder.

– Hardin a une façon... à lui de faire la conversation.

Faire la conversation ? Je ne veux parler avec aucune des deux. Je hausse des épaules et retourne aux programmes sans intérêt de la télé. J'entends Steph lui dire :

– Il y a une teuf, ce soir. Tu devrais venir avec nous, Tessa.

Ouais, bien sûr, comme si cette fille allait venir à une fête ! J'attrape mon anneau entre mes dents pour m'empêcher de rire encore et fixe l'écran.

– Les fêtes, c'est pas trop mon truc. En plus, je veux aller acheter certaines choses pour mettre sur mon bureau et au mur.

– Allez… c'est juste une teuf ! T'es à la fac maintenant – une simple fête, ce n'est pas dramatique.

Steph la supplie presque en essayant de la convaincre.

– Et au fait, comment vas-tu aller au supermarché ? Je croyais que tu n'avais pas de voiture ?

– J'ai l'intention de prendre le bus. De toute façon, qu'est-ce que j'irais faire à cette fête ? Je ne connais personne. J'avais prévu de passer la soirée à lire et à parler avec Noah sur Skype.

En l'entendant dire ça, je recommence à rire.

Parce qu'aller dans un magasin, c'est tellement génial ! Je parie qu'elle fait son shopping dans cette connerie de magasin Target ; c'est tout à fait le genre. Et son rendez-vous sur Skype… Pour quoi faire ? Dévoiler une cheville à ce pauvre ersatz de petit ami, je suis sûr.

– Tu ne vas pas prendre le bus un samedi ! C'est blindé de monde. Hardin peut te déposer en rentrant chez lui… hein Hardin ?

Steph me jette un regard.

Je ne déposerai personne nulle part.

– Et puis tu seras avec moi à la fête. Allez, viens… s'il te plaît ?

– Je ne sais pas… et non, je ne veux pas qu'Hardin me conduise au supermarché.

La fille geint, c'est pénible. Je roule sur le lit et lance un regard amusé aux deux ; c'est tout ce que je peux faire. Comme elles commencent vraiment à me taper sur le système toutes les deux, j'ajoute sur un ton sarcastique :

– Oh non ! Moi qui me faisais une joie de sortir avec toi. Voyons, Steph, tu sais bien que cette fille ne se pointera jamais à une fête.

Je m'arrête un instant sur ses vêtements et observe la manière dont son t-shirt blanc moule sa poitrine et ses hanches. Elle devrait s'habiller comme ça au lieu de la jupe longue débile qu'elle portait l'autre jour. Son short kaki est trop long aussi, mais on ne peut pas gagner à tous les coups, pas vrai ? La fille, Tessa je crois, ouais c'est ça, nous dit :

– En fait, si, je vais venir. Ça peut être marrant après tout.

Elles se mettent à pousser des hurlements et des cris aigus. C'est le bon moment pour partir quand les filles commencent à se prendre dans les bras et toute cette merde. Steph lui promet, alors que je quitte la chambre :

– Yesss ! Ouais, on va bien se marrer !

JE VAIS ME GARER UN PEU PLUS LOIN sur le campus et me rends en cours le reste de la journée. Plus tard dans la journée, je reçois un texto de Nate qui me propose de le rejoindre, lui et Tristan, chez Blind Bob. Sur la route, je monte le volume de la musique et descends les vitres. Quand j'étais ado, je trouvais que les gens qui faisaient ça se la pétaient grave. Mais maintenant je comprends. Parfois, j'ai juste envie d'oublier le monde qui m'entoure. La musique et la lecture sont les seules choses qui me le permettent. Chacun son truc, et ça, ce sont les miens.

Quand j'ai besoin de faire le vide, le bruit m'aide.

C'est plus efficace qu'un verre de whisky, je crois. Ce n'est pas ma mère pleurant au téléphone au beau milieu de la nuit qui dirait le contraire.

– Pourquoi t'as mis autant de temps ?

Tristan croque un morceau de son hamburger ; la moitié de la garniture tombe dans l'assiette devant lui.

– C'est cette putain de circulation.

Je me glisse sur le banc près de Nate. Notre serveuse habituelle me fait un signe de tête et réapparaît quelques minutes plus tard à la table avec des verres d'eau. Nate me demande :

– Toujours sobre ?

Ses yeux évitent soigneusement mon verre alors qu'il boit une gorgée de bière.

– Ouais. Toujours sobre.

Je bois la moitié de mon verre d'eau et essaie de ne pas penser à la sensation d'une bière bien fraîche dans ma gorge.

– C'est bien, mec. Je sais que tout le monde t'emmerde avec ça, mais je trouve que c'est vraiment génial que tu arrives à te contrôler comme ça.

Je m'agite nerveusement sur mon siège en entendant les éloges de Nate.

Tristan rigole en essuyant son menton avec sa serviette.

– Se contrôler ? J'ai entendu Molly crier ton nom pas plus tard qu'hier soir.

– Sobre pour *l'alcool.* Pas sobre du tout pour les meufs, évidemment.

Nate se marre et me donne un coup d'épaule. Je suis reconnaissant de ce revirement de situation. Ça commençait à devenir trop intime à mon goût.

Nate finit son verre et me convainc de le laisser conduire ma voiture. Il n'a bu qu'une bière, et je n'ai vraiment pas envie de prendre le volant. J'accepte donc à la condition qu'il me conduise chez Steph et sa coloc.

– Elle vient de faire exploser mon portable ! Elle dit que tu ne lui réponds pas.

Steph peut être vraiment chiante. Nate ajoute en baissant sa vitre :

– Je viens de lui dire qu'on était sur la route. Je suis content que cette Tessa vienne avec elle.

– Pourquoi ?

– Parce qu'elle a l'air sympa et qu'elle devrait sortir plus souvent. Steph m'a dit qu'elle pensait que son mec était son seul ami, un truc dans le genre.

– Son mec ? Tu veux dire que Mère Teresa a un mec ?

Je me marre. Non mais attends, le mec blond dans le dortoir ? On aurait dit des frère et sœur, pas un couple ! C'est avec lui qu'elle skype ?

Je suis sûr qu'ils restent tout habillés et portent même une veste, histoire d'être certains de ne pas déraper.

– Ouais, il était avec elle, le mec BCBG.

– Va comprendre.

Je rigole et augmente le volume de la musique. Tess et son mannequin Gap coincé du cul auraient détesté cette chanson. Je monte le son encore plus fort.

Mon portable vibre au moment où nous trouvons une place sur le parking de la résidence universitaire. Le nom de Molly s'affiche sur mon écran. J'appuie sur le bouton « ignorer ».

– Mesdames.

Nate accueille les filles qui se dirigent vers notre voiture. Steph porte une robe en résille et sa copine un truc difforme qui ressemble à un sac à patates. J'ai vu les courbes de son corps moulées dans sa serviette – alors pourquoi porte-t-elle ce truc immonde? Je la fixe tandis qu'elle monte dans la voiture.

– Tu es au courant qu'on va à une teuf, pas à l'église, hein, Theresa ?

– Ne m'appelle pas Theresa s'il te plaît. Je préfère qu'on m'appelle Tessa.

Sa réponse est brève. Un peu condescendante.

J'étais sûr que son nom serait Theresa. J'ai lu suffisamment de romans pour faire le lien. Comme j'ai l'impression d'avoir visé dans le mille, je la provoque:

– Bien sûr, Theresa.

Sur le trajet, je la regarde plusieurs fois dans le rétroviseur. Elle ne semble pas stressée quand elle ne sait pas que je l'observe. La maison n'est pas loin; ce silence embarrassant ne dure que quelques minutes jusqu'à notre arrivée. Nate se gare derrière une rangée de voitures, devant la fraternité.

Elle soupire et ouvre de grands yeux.

– C'est super grand ! Il y aura combien de personnes ?

Le jardin blindé de monde devrait lui donner un indice, non ? Je claque la portière derrière moi et lance :

– Une maison pleine. Magnez-vous

Elle reste assise là, choquée sans doute. Je m'avance et traverse le jardin.

4

Il sut dès le début, dès leur première rencontre et la première fois qu'elle le remit en place avec sa charmante bouche, que quelque chose serait différent. Il n'en était pas sûr... Non, putain, il ne se rendait pas compte que le feu qui animait cette fille faiblirait jusqu'à s'éteindre complètement à cause de lui et de sa manie de commettre constamment des erreurs. Mais, plusieurs fois, il se retrouverait assis seul, à revivre les jours où elle était encore pleine de vie. Quand sa voix et ses gestes étaient habités d'une telle passion que l'air entre eux se réduisait en fumée. Il aurait dû savoir que tant de passion mènerait à la destruction, jusqu'à consumer son âme et anéantir chaque parcelle de son esprit. Qu'il aurait à observer la fille qu'il aimait, la fille sans laquelle il ne pouvait et ne peut toujours pas respirer, dépérir en même temps que les quelques dernières nuées de fumée grise.

Je m'avance au milieu de la fête bondée et me fraie un chemin parmi un groupe de pauvres types défoncés. Ils sont en train de jouer à un jeu d'alcool pour passer le temps, essayant ainsi de se fondre désespérément dans la masse. Leurs yeux injectés de sang et leur sourire niais me donnent la nausée. Au moment où je passe près d'eux, ils me lancent, un à un, le même regard qui dit « c'est un connard ». Ils lancent des balles de ping-pong dans des gobelets rouges en plastique et s'applaudissent comme s'ils avaient gagné la médaille du plus beau lavage de cerveau à force de boire de la bière pas chère dans les mêmes gobelets.

Dans le hall blindé de monde, je repère Steph et sa copine. La fille blonde a l'air paumé, en complet décalage avec la meute des corps qui se déchaînent devant elle. On lui a mis un verre dans la main. Elle sourit poliment, en dépit du fait qu'elle n'en veut pas. Je peux le dire rien qu'à son regard. Pourtant, elle prend le gobelet rouge et le porte à sa bouche.

Puis une autre groupie débarque. Surprise, surprise.

– Allô Hardin, ici la Terre !

La voix de Molly s'élève au-dessus du bruit. Je lui lance un regard et remarque l'expression agacée de son visage. Elle pose sa main sur sa hanche, puis ses yeux se posent sur Tessa et Steph. Elle me demande d'une voix pincée :

– Tu regardes quoi, là ?

– Rien. Occupe-toi de tes fesses

Je poursuis mon chemin, monte les escaliers et me dirige vers ma chambre. Derrière moi, j'entends un cliquetis désagréable de bijoux trop nombreux et trop lourds qui s'entrechoquent. Je me retourne vers Molly et ses yeux de chiot.

– Tu me suis pour une raison particulière ?

– Je m'ennuie, se plaint-elle en rejetant ses cheveux roses derrière ses épaules.

– Et... ?

J'extirpe mon portable de ma poche arrière et prétends faire autre chose que de l'écouter.

Molly passe sa main sur mon bras.

– Change-moi les idées, petit con.

Je la regarde de haut en bas, appréciant la manière dont sa minirobe dévoile toutes ces choses que je connais déjà. Ses ongles s'enfoncent dans ma peau, et son sourire s'agrandit.

– Allez Hardin, c'était quand la dernière fois que tu as joui ?

Elle n'a aucune pudeur. J'aime ça.

– Eh bien, compte tenu du fait que tu m'as sucé il y a deux jours...

Ses lèvres écrasent les miennes avant même que j'aie le temps de prononcer un autre mot. Je recule, mais elle se jette sur moi.

Allez, pourquoi pas ?

Elle n'est pas si chiante après tout, et je pourrais me retrouver dans pire situation. Comme Steph, qui doit se coltiner sainte Theresa toute la soirée. Ça plomberait n'importe qui.

Molly m'entraîne dans la chambre la plus éloignée sur la droite ; elle sait parfaitement qu'il ne faut même pas essayer d'aller dans la mienne. Personne n'entre dans ma chambre. Sa bouche est chaude et ses lèvres recouvertes d'un gloss collant qui brille.

La sensation provoquée par n'importe quel contact physique, que ce soit avec Molly ou une autre, me donne une sorte d'échappatoire. Ça n'a rien de logique, mais quand mon esprit se déconnecte ne serait-ce qu'un instant, tout devient plus simple. Il y a alors urgence à profiter de ces rares fois où je ressens un peu plus que rien.

Molly me pousse sur le lit vide sans draps, recouvert d'une pauvre couverture. Ces petits détails ne font aucune différence pour quelqu'un qui ne ressent rien. Molly allonge son corps menu sur le mien et se colle contre mes jambes. J'empoigne ses cheveux roses et retire sa bouche de la mienne.

– Non.

Elle grogne et râle comme chaque fois que je lui rappelle de ne pas m'embrasser.

– T'es vraiment un connard.

Elle se plaint mais se met quand même à califourchon sur moi.

À cet instant, la porte s'ouvre dans un petit déclic et elle arrête de bouger ses hanches. Elle se retourne, s'assied, et je prends appui sur mes coudes.

– Je peux faire quelque chose pour toi ?

Le ton dur de Molly traduit nettement l'impatience et la frustration.

Et évidemment – *évidemment* –, qui se tient devant la porte ? Tessa, la coloc de Steph. Son regard indique qu'elle est encore plus embarrassée que Molly et moi réunis.

– Euh... non. Désolée. Vraiment je suis désolée. Je cherche une salle de bains. Quelqu'un a renversé son verre sur ma robe.

Agacée, Molly l'envoie promener d'un petit geste de la main :

– D'accord, eh ben, barre-toi, va chercher ta salle de bains ! Allez, va la chercher !

Tessa quitte précipitamment la chambre en refermant la porte.

Alors que Molly s'attaque à mon cou, je peux encore apercevoir l'ombre des pieds de Tessa sous l'embrasure de la porte. Est-ce qu'elle nous écoute ? Ça serait flippant. Quelques secondes plus tard, elle disparaît et Molly glisse sa main entre mes jambes.

– Mon Dieu, que cette fille m'exaspère !

Pour quelqu'un de si peu apprécié des autres, Molly a beaucoup de gens qui l'« exaspèrent ».

– T'aurais voulu qu'elle se joigne à nous ?

Je hausse les épaules et Molly grimace.

– Pas question ! Bianca ou Steph peut-être, mais cette Tessa, c'est mort. Elle n'a rien de sexy et fait pratiquement deux fois mon poids.

– T'es une vraie salope, tu sais ?

Je secoue la tête et la regarde.

Tessa, dans l'ensemble, a un corps sympa – le genre de corps que les hommes adorent. Le genre de corps que je boufferais en un clin d'œil si seulement elle apprenait à maîtriser son attitude.

– Ouais d'accord. C'est juste ses seins que t'aimes

La bouche de Molly se colle à mon cou. Je réponds comme si j'avais besoin de me justifier:

– *Je ne l'aime pas.*

Molly se retourne pour me regarder dans les yeux.

– Ouais, bien sûr que tu ne l'aimes pas.

Elle sourit comme s'il y avait une connivence secrète entre nous ou un truc dans le genre.

– Ça ne veut pas dire que tu ne la baiserais pas.

Sa bouche attrape mon menton, pinçant la peau à cet endroit. Elle s'agrippe à moi, une main autour de ma queue, et continue de bouger son petit corps sur le mien.

– Assez parlé!

J'écarte ses cuisses et introduis un doigt en elle. Elle gémit de plaisir contre mon cou, et je me concentre sur le plaisir qu'elle est en train de me donner. Molly me ressemble plus qu'elle ne l'admettra jamais. Elle aussi trouve ses journées sombres et ennuyeuses. Elle aussi se sert de ces sensations pour s'échapper dans sa tête. Je ne sais pas grand-chose sur elle, et elle ne se confiera jamais, mais je peux deviner que ça n'a pas dû être facile.

Le corps de Molly se raidit alors que je fais des va-et-vient avec mes doigts. Je sais maintenant comment la faire jouir rapidement. Juste au moment où elle gémit, j'entends le mot « Lou ». Mais elle se reprend rapidement et prononce mon nom.

Lou? Putain de merde? J'essaie de contenir mon rire à l'idée qu'elle est en train de parler de Logan et prononce son surnom pendant que je la fais jouir. Pourtant, elle devrait savoir qu'hormis pour lui donner l'heure, Logan ne la calculera jamais.

Il est cool avec elle – juste parce que c'est un mec sympa –, mais il a certains critères.

Si je tenais à elle, je la mettrais au courant, mais j'en ai tout simplement rien à foutre. Je l'utilise et elle m'utilise – nous le savons tous les deux. Mes pensées se portent vers la fête en bas. Je me demande combien de fois la coloc de Steph a pu pleurer dans sa vie jusqu'à maintenant. Elle fait partie de ces gens sensibles. Son attitude critique et insolente révèle une vraie fragilité.

Les mains de Molly tirent sur mon jean pour le déboutonner. Je ferme les yeux tandis que ses lèvres tièdes se referment autour de ma queue.

Après ça, elle ne dit plus un mot, moi non plus, et essuie ses doigts sur ses lèvres gonflées. Molly se lève, tire sur sa robe pour couvrir son corps autant que le tissu le permet et quitte la chambre.

Je reste allongé là, sur ce lit qui n'est pas le mien. Je fixe le plafond pendant quelques minutes encore et finis par sortir dans le couloir. La fête bat son plein et le sol s'encrasse chaque minute un peu plus. Une bande de trois filles bourrées qui se tiennent la main passe près de moi.

– Les filles, vous êtes mes meilleures amies, dit la plus petite aux deux autres.

L'une d'entre elles porte un sweat-shirt bleu et ses yeux sont injectés de sang. Elle titube dans le couloir, trébuchant presque, et déclare, les yeux pleins de larmes :

– Je vous aime toutes les deux !

Quand les filles sont bourrées, elles pleurent et deviennent les « meilleures amies » de n'importe qui...

Logan apparaît au bout du couloir, un sourire tordu sur le visage et un verre dans chaque main. Il m'en propose un, mais je secoue la tête.

– J'ai mis de l'eau dans le tien.

Il me tend le gobelet rouge.

Je le prends et le porte à mon nez pour sentir le liquide.

– Hum, merci.

Je prends une gorgée d'eau fraîche en ignorant le jugement silencieux qu'il me porte.

– La maison est pleine à craquer, mec. Et cette vodka de merde arrache la gueule.

Je ne réponds rien. Mes yeux balaient le couloir alors que nous nous dirigeons vers l'escalier.

– Oh, et j'ai vu cette fille, Tessa, aller dans ta chambre.

Je me retourne vers lui.

– Quoi ?

– Elle y est avec Steph. Steph est malade, elle a vomi dans la salle de bains.

Je monte d'un ton.

– Pourquoi iraient-elles dans ma chambre ?

J'aurais juré que j'avais fermé la porte à clé. Personne n'a le droit de rentrer dans ma chambre.

Malade ou pas. Et encore moins si c'est pour vomir sur mes affaires.

Il hausse les épaules :

– J'en sais rien. Je te préviens, c'est tout.

Logan disparaît dans la foule et je me précipite vers ma chambre. Steph sait mieux que personne qu'il ne faut pas aller dans ma chambre – pourquoi n'a-t-elle pas prévenu sa copine ?

J'entre bouillonnant de colère, et bien évidemment, qui se tient près de ma bibliothèque ? Tessa. Je remarque tout de suite qu'elle tient dans ses mains ma plus vieille version des *Hauts de Hurlevent*. Je reconnais les pages abîmées.

– Qu'est-ce que tu fous dans ma chambre ?

Elle ne sourcille pas et referme délicatement le livre. J'insiste, toujours aussi sèchement.

– Je t'ai demandé ce que tu foutais dans ma chambre.

Pas de réponse. Je traverse la pièce, lui arrache le livre des mains et le remet à sa place sur l'étagère. Elle ne me répond toujours pas et reste là, debout, près de mon lit, les yeux écarquillés et la bouche fermée. Puis elle chuchote, d'une voix à peine audible :

– C'est Nate qui m'a dit d'amener Steph ici...

Elle fait un signe de la main en direction de mon lit. Steph gît inconsciente sur le matelas, et ça ne me plaît pas du tout.

– Elle a trop bu, et Nate a dit que...

Je l'interromps calmement :

– Ça va, j'ai compris.

– Tu es membre de cette fraternité ?

Elle me pose cette question d'une voix empreinte de curiosité et d'une once de jugement. Non pas que je sois surpris de quelque manière que ce soit. J'ai l'habitude d'être jugé. En particulier par les gosses de riches avec leur attitude hautaine. Je ne pense pas que cette fille soit riche, en revanche. Sa robe a l'air tout droit sortie d'un entrepôt plutôt que d'un grand magasin, ce qui me surprend quelque part.

– Ouais, et alors ?

Je m'avance vers cette fille curieuse, et elle recule, bousculant au passage ma bibliothèque.

– Ça t'étonne, Theresa ?

– Arrête de m'appeler Theresa ! me répond-elle sèchement.

Fougueuse.

– C'est ton nom, pourtant ?

Elle me tourne le dos en soupirant. Je jette un œil à mon lit alors qu'elle s'apprête à quitter la chambre.

– Elle ne peut pas rester ici.

Pas question que Steph dorme sur mon lit cette nuit.

– Pourquoi pas ? Je pensais que vous étiez potes tous les deux ?

Comme c'est mignon... Et comme elle est naïve.

– En effet, mais personne ne rentre dans ma chambre.

Je croise les bras sur ma poitrine et la regarde attentivement. Ses yeux se posent sur les tatouages encrés de mes bras. J'aime la manière qu'elle a de me regarder, essayant de m'analyser. C'est même assez excitant d'être examiné de cette façon. Elle m'intrigue, c'est évident.

Elle s'interrompt brusquement.

– Oh... je vois. Alors seules les filles avec qui tu flirtes sont admises dans ta chambre ?

Je ne peux m'empêcher de sourire devant cette nouvelle petite étudiante fougueuse, avec ses longs cheveux blonds et ses courbes mortelles sous cette tenue hideuse... mais quelque chose chez cette fille m'excite bien plus que chez Steph, ou même Molly. Je n'arrive pas à savoir ce que c'est, mais c'est en train de s'insinuer en moi bien trop vite, il faut que j'y mette un terme.

– Ce n'était pas ma chambre. Mais si tu essaies de me dire que tu as envie de flirter avec moi, désolé, mais tu n'es pas mon genre.

Je souris et observe son visage se tordre d'embarras et de colère.

– Tu es... tu es...

Je suis limite mal à l'aise de la voir lutter pour trouver des mots insultants.

– Si c'est ça, tu n'as qu'à la porter *toi-même* dans une autre chambre, et je me débrouillerai pour rentrer à la résidence universitaire.

Moi ? Elle est tellement sûre d'elle que ça me rend de plus en plus dingue à chaque seconde.

Elle ne laisserait pas vraiment Steph ici. Si ? Elle se dirige vers la porte et sort.

Merde alors, elle a plus de couilles que je ne le pensais. Je suis légèrement impressionné. *Contrarié* – mais impressionné. Je hurle avant qu'elle ne claque la porte de ma chambre :

– Bonne nuit, Theresa !

Je balaie la pièce du regard, m'assurant que rien d'autre n'a été dérangé. Le miroir sur le mur retient mon attention. Principalement parce que le mec qui se reflète dedans est à peine reconnaissable. Je ne sais plus qui je suis devenu ces dernières années.

Mais ce qu'il y a de plus surprenant encore, c'est ce stupide sourire sur mon visage.

J'ai l'habitude d'être en conflit avec des gens odieux au cours de ces soirées. Alors pourquoi est-ce que j'apprécie ça plus que d'habitude ? Est-ce à cause de cette nouvelle fille ? Ce n'est pas ma came habituelle, mais c'est drôle de jouer avec elle.

Le bruit d'en bas envahit ma chambre, et avec Steph dans mon lit, je ne peux rien faire. Je vais devoir aller chercher Nate pour qu'il l'emmène en dehors d'ici et la laisse dans le couloir si c'est nécessaire. Je suis sûr qu'elle a déjà dormi dans des endroits bien pires. Je me surprends à penser à Tessa et à son attitude. La manière dont elle place sa main sur sa hanche, obstinément, et refuse de s'écraser devant moi.

Je m'engage dans le couloir et persuade un nouveau membre de la fraternité de déplacer Steph dans une chambre vide, plus loin. Je les observe un moment pour être certain qu'il ne reste pas avec elle. Quand il ressort de la chambre, je reviens vers la mienne.

En passant près de la salle de bains, j'entends un sanglot étouffé à travers la porte. C'est Tessa. Je reconnais tout de suite sa voix.

– Oui. Non. J'ai accompagné ma colocataire à une fête nulle et maintenant je suis coincée dans une maison d'étudiants, et je ne sais même pas où je vais dormir ni comment rentrer.

Elle pleure franchement maintenant. Je devrais simplement m'éloigner de la porte. Je n'ai ni l'énergie ni la moindre envie de gérer une fille en larmes bien trop sensible.

– Mais elle...

Je n'arrive pas à saisir les mots entre les sanglots. Je presse mon oreille contre la porte.

– Ce n'est pas la question, Noah.

J'essaie d'ouvrir la porte. Je ne sais même pas pourquoi je fais ça, c'est probablement mieux que ce soit fermé à clé.

– Une minute ! crie-t-elle en perdant patience.

Je frappe de nouveau.

– J'ai dit une minute !

Elle ouvre la porte, et ses yeux s'élargissent de surprise en me voyant. Je détourne le regard quand elle me pousse pour passer. Je l'attrape par le bras et la stoppe doucement. Elle hurle et se dégage brusquement.

– Ne me touche pas !

– Tu as pleuré ?

Je lui pose la question même si je connais la réponse.

– Fiche-moi la paix, Hardin !

Elle me répond sans grande conviction dans la voix, l'air plutôt épuisé. *Avec qui parlait-elle au téléphone ? Son petit ami ?*

J'ouvre la bouche pour la charrier, mais elle lève un doigt.

– Hardin, s'il te plaît. Je t'en prie, si tu as un tant soit peu de gentillesse, laisse-moi tranquille. Garde tes vacheries pour demain. S'il te plaît.

Ses yeux bleu gris sont brillants de larmes, et la remarque méchante que je m'apprêtais à dire perd soudain tout son intérêt.

– Il y a une chambre au bout du couloir où tu peux dormir, si tu veux. C'est là que j'ai mis Steph.

Elle me fixe comme si j'avais pris trois têtes et me répond simplement après un moment :

– Ok.

– C'est la troisième porte sur la gauche.

Je me dirige vers ma chambre. Je ressens un besoin irrésistible de m'éloigner de cette fille, et vite.

– Bonne nuit, Theresa.

Je rentre dans ma chambre, ferme la porte et y reste adossé un instant.

J'ai la tête qui tourne. Je me sens bizarre. Logan a intérêt à ne pas m'avoir joué un mauvais tour en mettant de la merde dans mon verre.

Je me dirige vers la bibliothèque, attrape *Les Hauts de Hurlevent* et l'ouvre en plein milieu. Catherine est le personnage de roman le plus exaspérant qui existe, et je n'arrive vraiment pas à comprendre pourquoi Heathcliff endure toutes ces conneries.

C'est un connard lui aussi, mais elle est bien pire que lui.

IL ME FAUT un moment avant de trouver le sommeil, mais une fois endormi, je me surprends à rêver de Catherine, ou plutôt de sa version blonde et plus jeune, trébuchant sur les marches de l'université. Brusquement, les hurlements de ma mère me réveillent et je me redresse d'un bond sur mon lit, le t-shirt trempé de sueur. J'allume la lumière.

Quand est-ce que cette merde s'arrêtera ? Ça fait des années maintenant et ce n'est pas près de partir.

Après quelques heures d'insomnie sporadique passées à fixer le plafond et les murs et à essayer de me convaincre que je ferais mieux de dormir pendant tout ce temps, je me lève, prends une douche et descends dans la cuisine. J'attrape un sac poubelle et décide d'aider à nettoyer pour une fois. Peut-être que si j'accomplis une bonne action, j'arriverai à avoir une vraie nuit de sommeil.

Dans la cuisine, je tombe sur Tessa, encore elle, en train de rire, adossée contre le comptoir du bar.

– Qu'y a-t-il de si drôle ?

Je passe le bras sur le plan de travail pour faire tomber des gobelets dans le sac.

– Rien. Est-ce que Nate habite ici aussi ?

Sa voix douce monte d'un cran.

– Il habite ici ou pas ? Plus vite tu me le diras, plus vite je m'en irai.

– Ok, tu as toute mon attention.

Je m'avance vers elle pour prendre un rouleau d'essuie-tout et nettoyer le plan de travail. Je souris de la voir agacée.

- Non, il n'habite pas ici. Tu trouves qu'il a l'air de faire partie d'une fraternité ?

– Non, mais toi non plus.

Son ton est moqueur.

Je ne réponds pas. Mon Dieu, cette maison est un bordel monstrueux.

– Est-ce qu'il y a un bus qui passe pas loin ?

Elle tape du pied contre le sol comme une enfant et je lève les yeux au ciel.

– Ouais, à environ un pâté de maisons.

– Tu peux me dire où c'est ?

– Bien sûr. À environ un pâté de maisons.

Elle tourne sur ses talons plats et se dépêche de sortir de la cuisine. Je rigole intérieurement et ignore le sourire narquois de Logan de l'autre côté de la pièce. Je me dirige vers lui mais change de direction au moment où Tessa et Steph arrivent.

– Pas question de prendre un putain de bus ? Un de ces connards va nous ramener jusqu'à notre chambre. Il t'a dit ça pour te faire chier, c'est tout.

Steph est entrée dans la cuisine comme l'ouragan Katrina. Son maquillage noir a coulé sous ses yeux. Je jette un œil à Tessa qui en porte à peine et note la différence.

– Hardin, t'es prêt à nous ramener, maintenant ? J'ai la tête qui va exploser.

– Ouais, pas de problème, juste une minute.

En répondant, je laisse tomber le sac poubelle sur le sol. Je rigole en entendant Tessa déglutir. C'est tellement facile d'atteindre cette fille.

Tessa et Steph me rejoignent à la voiture et je ne peux m'empêcher de passer l'un de mes morceaux de heavy metal préféré, « War Pigs », en roulant vers le campus. Je baisse toutes les vitres de la voiture et apprécie l'air frais qui s'y engouffre. Assise à l'arrière, Tessa me demande :

– Peux-tu les remonter ?

Je jette un œil dans le rétroviseur et coince mon anneau entre mes dents pour ne pas rire à la vue de ses cheveux blonds qui virevoltent autour de son visage. Je fais semblant de ne pas l'avoir entendue et monte le volume à fond.

Une fois la balade terminée, elles descendent de la voiture et je dis à Steph que je passerai plus tard. Je peux voir ses sous-vêtements par transparence, mais je suis pratiquement certain que c'est justement pour ça qu'elle porte une robe en résille.

– Salut, Theresa !

Je souris tandis qu'elle lève les yeux au ciel, et me marre en quittant le campus.

5

Une nuit, plusieurs mois après l'avoir rencontrée, il se réveilla en sursaut. Il se tourna sur le côté et la sentit serrée contre lui, ses jambes enroulées autour des siennes. Il n'avait encore jamais rien ressenti de tel auparavant, sa souffrance était atténuée, mais en même temps son cœur et son esprit étaient survoltés – il n'avait jamais expérimenté quoi que ce soit de similaire avant. Il voulut la sortir de son sommeil, il voulut confesser ses péchés à son ange cette nuit-là, mais elle se réveilla au moment où il s'apprêtait à lui demander pardon... et le courage l'abandonna.

Il était lâche et menteur, et il le savait. Il n'avait plus qu'à espérer qu'elle ait pitié de lui.

Elle chercha son regard et il sentit un poids l'écraser. Il ne pouvait se résoudre à anéantir l'image qu'elle se faisait de lui. Mais leur futur le terrifiait car, enfant, il avait appris que chaque mensonge prononcé dans l'obscurité se transformait en monstrueuse vérité en plein jour.

• ———— •

Je suis réveillé en sursaut d'une nuit de trois heures par des éclats de rire et l'aboiement d'un chien. Même si je ne dors jamais très bien, j'apprécierais quand même un peu de calme dans les couloirs, sachant que nous sommes lundi matin et que j'ai cours dans... J'attrape mon portable pour vérifier l'heure.

8h43

Putain.

Il me reste moins d'une demi-heure pour me rendre à mon cours de littérature anglaise – et de toute façon, que fout ce chien dans la maison ?

J'attrape par terre le jean noir que je portais la veille et l'enfile en trébuchant et en râlant contre sa coupe trop serrée. Mes jambes sont juste ridiculement trop grandes pour porter un baggy sans ressembler à un putain de Bibendum. En plus, j'ai balancé mes clés par terre la nuit dernière. Me voilà condamné, pour les retrouver, au supplice de fouiller dans le tas de merdes au pied du lit : des t-shirts noirs, des jeans noirs sales et des chaussettes crasseuses qui jonchent le sol.

Je me fraye un chemin à travers la maison sans prêter attention aux traces de la fête de la nuit dernière. Logan, des cernes sous les yeux et une boisson énergisante à la main, me fait un signe et gémit en essayant de sourire :

– Je me sens merdeux, mec.

Logan passe son temps à sourire. Je me surprends à me demander ce que ça ferait d'être tout le temps heureux comme lui, même avec une gueule de bois. Je n'ai jamais réussi.

– Toi, tu as trouvé la solution, ne pas boire.

Il se dirige vers le frigo et en sort un demi-litre de lait qu'il boit d'une traite, directement à la bouteille.

– Ça fait du bien.

Je l'observe, perplexe, et il continue de sourire en reprenant une gorgée. Avec l'arrivée des autres membres de la fraternité, la cuisine commence à se remplir, mais je n'ai pas l'impression de faire partie de leur clique ; je sors une part de pizza des détritus, résultat d'une décision de mecs bourrés de commander dix pizzas à quatre heures du mat'.

Alors que je quitte la pièce, j'entends Neil proposer à tout le monde d'aller au restaurant ce soir avant la fête. Je ne m'attends pas à ce qu'ils m'invitent... Ils ne le font jamais. Ce n'est pas comme si je mourais d'envie de traîner avec des mecs débiles, membres d'une fraternité à la con et aux cheveux englués de gel. En dehors d'une fête ou deux.

Ma mère m'a toujours embêté avec ça, « se faire des amis ». Mais elle ne comprend rien. C'est pas foutrement simple ni même vaguement marrant. Pourquoi je me plierais en quatre pour obtenir l'approbation de gens que je ne supporte pas. Juste pour me sentir un peu plus important dans la vie ? Je n'ai pas besoin d'amis. J'ai un petit groupe de potes que je tolère tout juste, et c'est déjà bien assez pour moi.

Le temps d'arriver au campus, le parking est presque plein. Je dois couper la route à une espèce de gros con en BMW pour prendre sa place.

Le prof est déjà en train de causer quand j'entre dans la classe de littérature. Je regarde autour de moi pour trouver une place et remarque la fille au premier rang. Ses longs cheveux blonds sont *à peine* reconnaissables ; c'est la longue jupe qui touche le sol qui me confirme qu'il s'agit d'elle : Tessa, la coloc bégueule de Steph.

Assise à côté de Landon Gibson. Évidemment. Ça va être marrant : un siège est disponible à côté d'elle, Tessa va être coincée pendant tout le cours à côté de moi. Soudain, ma journée s'illumine.

Alors que je m'approche, elle m'aperçoit et ses yeux se dilatent. Au moment où je m'assieds à côté d'elle, elle se détourne rapidement. Comme je m'y attendais, elle fait semblant de m'ignorer. Elle porte une chemise bleue boutonnée jusqu'au cou qui doit faire au moins deux fois sa taille, et ses cheveux sont tirés en arrière.

Juste au moment où je m'apprête à les aborder, mon portable vibre dans ma poche.

C'est un texto de mon donneur de sperme : KAREN PRÉPARE UN BON DÎNER, TU DEVRAIS VENIR.

Il a pété un plomb ? Je regarde Landon qui se trouve être le parfait petit fiston de Karen, tout fringant dans son polo.

Jamais de la vie je n'irai. Comme si moi, j'allais me rendre dans sa splendide nouvelle maison pour dîner avec sa copine et Landon ! Parfait petit Landon, qui aime le sport et lécher le cul de tout le monde juste pour paraître le garçon le plus gentil et le plus respectueux de la Terre.

Que dalle.

J'attends que mon cher « frère » Landon me dise quelque chose, mais rien. Tant pis pour la tentative de mon père de « réunir la famille ». *Enfoiré.*

– Je pense que ce sera mon cours préféré, lui dit Tessa.

Bizarrement, il se pourrait que ce soit le mien aussi, pourtant je ne vais en cours que pour passer le temps, vraiment. Je pourrais me permettre de le prendre comme cours facultatif, puisque je l'ai déjà suivi auparavant.

Elle se tourne vers moi quand elle réalise que je suis derrière eux.

– Qu'est-ce que tu veux, Hardin ?

Ça fonctionne déjà.

Je lui fais un sourire, un sourire innocent, comme si je n'essayais pas de l'embêter.

– Rien. Rien du tout. Je suis juste très heureux que nous ayons un cours en commun.

Mon ton est moqueur et, devant mon sarcasme, elle lève les yeux au ciel. Je continue de la fixer pendant tout le cours et je jubile chaque fois qu'elle souffle ou qu'elle remue, mal à l'aise. Elle est si facile à manipuler – j'adore ça. L'heure passe bien plus vite que je ne l'aurais souhaité, et Tessa commence à rassembler ses affaires avant même que le prof nous congédie. Hé, pas si vite !

Je bondis, prêt à les suivre, elle et Landon, en dehors du bâtiment. Je n'en ai pas encore fini avec elle. Une fois dans le hall, Landon se tourne vers Tessa. Elle semble nerveuse de nous avoir tous les deux devant elle. Lui s'éloigne sans me regarder :

– À plus tard, Tessa.

– C'était à prévoir que tu deviendrais pote avec le garçon le plus nul de la classe.

Je la provoque tandis que mon très cher « frère » disparaît dans la foule des nouveaux étudiants qui ont du mal à se repérer sur le campus.

J'imagine sa mère et mon père, main dans la main, sous un cerisier, en mode « regardez comme nous nous aimons ». La main de sa mère dans celle de mon père, Ken Scott, alias Le-père-le-plus-naze-de-l'année, me fait grimacer. Je ne me souviens pas d'une seule fois où il a tenu la main de *ma* mère comme ça.

– Pourquoi tu dis ça ? Il est très gentil. Ce n'est pas comme toi.

Je me tourne vers elle, surpris par sa profonde loyauté envers lui. Le connaissait-elle déjà avant ? Est-ce que lui la connaissait ? Est-ce qu'elle s'intéresse à lui ?

Qu'est-ce que j'en ai à foutre ?

Remettant toutes ces questions à plus tard, il me vient une irrésistible envie de la provoquer davantage.

– Tu es de plus en plus agressive chaque fois que nous bavardons, Theresa.

Elle se met à marcher plus vite pour s'éloigner de moi, m'obligeant à accélérer le pas pour rester à son allure.

– Si tu m'appelles encore une fois Theresa...

Ses lèvres pulpeuses se pincent, et elle tente de me toiser. Mais son regard chaleureux m'éblouit, passant du gris au bleu glacier, et soudain la tension s'échappe de mes épaules. Je le sens, comme quelque chose qui remonte le long de ma colonne vertébrale alors que mon corps commence à se détendre.

Je chasse cette sensation bizarre. Elle continue de me fixer. Alors, je change d'avis : je pensais aimer sa façon de me regarder, qui essayait de me décoder, mais là maintenant je peux sentir le poids de son jugement m'envelopper. À présent, elle regarde mes bras tatoués comme si elle était ma grand-mère. Je n'ai pas besoin qu'elle me questionne sur moi et mes putains de choix. Avant de disparaître, je lui balance :

– Arrête de me reluquer comme ça !

Je tourne au coin du couloir, essoufflé. Ça me rappelle ces nuits où je fumais beaucoup trop. *Je ne fume plus maintenant, Je ne fais plus ça maintenant,* il faut que je m'en souvienne. Je m'adosse contre le mur de briques pour reprendre ma respiration.

Elle est bizarre, cette fille blonde avec son attitude méprisante.

TOUTE LA SEMAINE qui a suivi fut pourrie. Des fêtes et du bruit à n'en plus finir. Un bordel monstrueux.

Au mieux, j'ai dû dormir vingt heures la semaine passée et, aujourd'hui, je suis exténué. Je vois flou tant mes migraines sont lancinantes. En plus, je ne retrouve pas mes clés ce matin. Je suis grave énervé et dans un état d'esprit bagarreur.

Pendant que je retourne ma chambre dans tous les sens, quelqu'un frappe à la porte. Je préférerais l'ignorer, mais on toque de nouveau, encore plus fort.

Quand j'ouvre, une fille dans un maillot de WCU est postée devant ma porte, les yeux rouges et les joues creusées. Elle me demande, les mains tremblantes :

– Je peux entrer ?

– Non. Désolé.

Je lui claque la porte au nez. Au bout de quelques secondes, on frappe de nouveau à la porte. Putain. Je ne sais pas qui est cette fille, mais elle ferait mieux d'aller voir ailleurs. Elle continue de toquer, alors j'ouvre la porte d'un coup sec.

Neil, l'un des plus gros connards de toute la fraternité, se tient debout, là. Ses cheveux blonds sont hérissés n'importe comment sur sa tête. Il pue le sexe et l'alcool.

– Qu'est-ce que tu veux, putain ?

Je recule dans ma chambre et lui lance l'un de mes jeans.

– T'as vu Cady ?

Sa voix est faible et il arrive à peine à articuler.

– Qui ?

– La fille avec qui j'étais hier soir. Tu l'as vue ?

Je repense à la fille aux yeux rouges dans son maillot WCU et à la manière qu'elle avait de déambuler dans le couloir. Je secoue la tête. J'ai cru qu'elle était défoncée, et peut-être bien qu'elle l'était, mais allez savoir.

– Elle s'est barrée et ne reviendra pas. Laisse-la tranquille.

J'attrape un livre sur mon étagère et je le lui balance dessus.

En râlant, il me traite de connard puis s'en va.

Rouler vers le campus ne m'a pas calmé et j'ai bien l'intention de poursuivre ma nouvelle activité préférée, à savoir énerver la coloc de Steph.

J'ai vraiment hâte d'assister à ce cours. Je n'en ai entendu dire que du bien.

En arrivant, je me retrouve derrière Landon et Tessa en train de discuter. Ils doivent être plus proches que je ne le pensais. Il lui parle, elle lui répond d'une voix douce et il lui sourit. Son sourire à elle est chaleureux, si chaleureux que je dois détourner les yeux un instant.

Est-ce qu'ils se plaisent ? Elle a un petit ami genre mannequin et lui aussi a une copine, me semble-t-il. Vu sa manière de regarder Tessa, ils ont peut-être rompu.

Au milieu de la salle de classe, Landon s'éloigne et Tessa déplace sa chaise le plus loin possible de moi.

– La semaine prochaine, nous travaillerons sur *Orgueil et préjugés* de Jane Austen, annonce le prof, Monsieur bidule chouette, à la classe. Je lance un regard à Tessa, elle sourit. Pas juste un simple sourire – un large sourire qui s'étend d'une oreille à l'autre.

Bien sûr qu'elle est contente. Les filles adorent *Orgueil et préjugés.* Elles sont folles de Darcy et de sa fierté, son soi-disant charme à la con.

J'observe Tessa qui rassemble ses affaires : un énorme classeur et tous les manuels que cette fac possède. J'essaie de gagner du temps en faisant semblant de ranger, mais même en faisant ça, c'est compliqué car elle met un temps fou pour caser soigneusement, une à une, toutes ses affaires sans son sac.

Je la suis dehors pour l'interpeller :

– Laisse-moi deviner, tu es folle amoureuse de Darcy.

Je dois la titiller avec ça. Je *dois* le faire.

– Comme toutes les femmes qui ont lu ce roman.

Sa langue fourche un peu à la fin et ses yeux regardent tout, sauf mon visage. Je continue de la suivre tout en observant sa tenue sous toutes les coutures avant qu'elle ne traverse la rue au carrefour.

– Ça ne m'étonne pas de toi.

Je rigole et m'arrête un moment avant de réaliser qu'elle a déjà parcouru les trois quarts du chemin sans moi. Merde, elle marche vite.

– Je suis sûre que tu es incapable de comprendre le charme de Darcy.

Alors que je la rejoins, Tessa tente de m'insulter, mais je ne fais que rigoler de plus belle.

– Un homme aussi grossier et insupportable, un héros romantique ? C'est ridicule. Si Elizabeth avait une goutte de bon sens, elle lui aurait dit d'aller se faire voir dès le début.

Mademoiselle Pimbêche se tourne vers moi et, à ma grande surprise, j'entends le doux son d'un gloussement. Ce genre de gloussements innocents et involontaires qui ont apparemment disparu de la planète aujourd'hui. Elle couvre sa bouche avec sa main au moment où le son retentit, mais je l'ai entendu. Je l'ai entendu, comme s'il m'avait transpercé. J'insiste :

– Alors tu es d'accord pour dire qu'Elizabeth est une imbécile ?

– Non, c'est un des personnages les plus forts et les plus complexes de la littérature.

Elle défend Elizabeth Bennet d'une manière que la plupart des ados de dix-huit ans aujourd'hui seraient incapables de faire, utilisant une réplique d'un film avec Tom Hanks. Je me retrouve en train de rire, de rire franchement, et elle aussi. Son rire est doux, comme du coton.

Putain, est-ce que je viens de...

Je m'arrête brusquement de rire et détourne mon regard. C'est vraiment trop bizarre.

Elle est bizarre. Et détestable.

– À plus, Theresa.

Je tourne les talons et pars dans l'autre sens.

Doux comme du coton? Son *gloussement m'a transpercé?* Mais putain, c'était quoi ça?

Je vire ces conneries dans un coin de ma tête et m'avance vers ma voiture. Ce soir, il y a une autre fête, comme toujours, et j'ai bien l'intention de détourner mon esprit de cette merde en m'enfonçant profondément dans une chaude et étroite...

Mon portable vibre dans ma poche et me distrait de mes pensées perverses. Je l'attrape et vois le nom de Jace s'afficher sur l'écran. Je réponds rapidement.

Il était parti pendant un certain temps et je suis content qu'il soit de retour. Tout le monde a une personne avec qui il aime traîner en particulier, une personne qui le fait se sentir mieux dans ses pompes. La mienne, c'est Jace. C'est un enculé de première, demandez à n'importe qui, mais il est marrant et on passe toujours du bon temps avec lui.

6

Plus il se rapprochait d'elle, plus il avait besoin de la découvrir. Quand il commença à se demander à quoi elle pouvait bien penser le matin au réveil, ou combien de temps elle mettait pour se préparer, il sut qu'elle serait bien plus qu'une simple passade. Elle devint soudain plus importante que le jeu lui-même. À sa manière tordue, il était content de pouvoir se servir du jeu comme excuse pour passer plus de temps avec elle. Il avait le prétexte et une bonne raison pour découvrir tout ce qu'il fallait savoir à son sujet sans que ses amis deviennent suspicieux. Il avait la possibilité de passer autant de temps qu'il voulait avec elle.

Dans le but de gagner. Il devait gagner, non ?

– Pourquoi doit-elle encore venir avec nous ? Molly s'adresse à nous en tirant sur sa cigarette.

– Parce qu'elle est la coloc de Steph et que Steph l'apprécie pour une raison encore inexplicable. Donc elle la ramène avec elle, explique Nate.

– Pourtant, c'est une vraie conne. Elle est vraiment insupportable !

J'ai répondu en grognant et en me grattant la tête. Elle m'énerve même quand elle n'est pas là. Molly doit apprécier ma réaction car elle se penche vers moi. Je me décale avant qu'elle ne puisse me toucher, comme si je n'avais pas saisi son intention.

J'ai passé l'après-midi à la baiser, à enfouir ma queue en elle, en pensant à quelqu'un d'autre. Je pouvais sentir les douces courbes de ses hanches et sa poitrine généreuse. J'entendais sa voix prononcer mon nom. J'ai attrapé les cheveux roses en imaginant qu'ils étaient blonds et que je me vidais dans le préservatif.

Molly était si fière d'avoir enfin réussi à me faire jouir avec sa bouche.

Si elle savait !

– Elle est sexy, quand même, ajoute Nate.

Est-ce que *tout le monde* a remarqué à quel point Tessa était sexy maintenant ?

Je mens en serrant les dents :

– Sexy ? Non, pas du tout.

Une main bronzée se glisse dans la chevelure soigneusement coiffée au gel de Zed qui, avec un aplomb étonnant, me répond :

– Elle est carrément sexy, mec. Je la baiserais bien tout de suite.

– Tu rêves ! Elle est complètement prude, ça crève les yeux. Sérieux, qui est encore vierge à la fac ?

Molly se moque de Tessa, mais Nate rigole :

– Mais bien sûr ! Et depuis quand tu es devenue assez pote avec elle pour savoir ça ?

Molly le fusille du regard.

– Moi ? Jamais je lui parlerais. Mais Steph oui et, apparemment, elle a entendu un truc à ce sujet quand la « Princesse » discutait avec son mec.

– C'est peut-être pour ça que c'est une vraie conne. Parce qu'elle est mal baisée.

En disant ça, je m'éloigne de quelques centimètres de Molly en espérant qu'elle ne me suive pas.

– Je devrais peut-être m'en charger alors.

Zed essaie de faire rire tout le monde, mais personne ne réagit. Je le charrie :

– Ouais, c'est ça. Même si tu essayais, tu n'y arriverais pas.

Il s'énerve :

– Ah, parce que toi, oui ? J'ai plus de chances que toi.

Il n'est pas sérieux. A-t-il déjà oublié l'histoire avec sa précieuse Samantha ?

– J'ai loupé un truc ?

Jace s'assied sur le muret et sort un joint de sa poche. Molly l'informe en grommelant :

– Steph a une coloc hypersnob, et Zed et Hardin ici présents se disputent pour savoir lequel des deux la niquera en premier.

Est-ce que Zed pense réellement qu'elle baiserait avec lui ? J'observe le groupe autour de moi, énervé qu'ils puissent tous penser à elle de cette manière. Si son corps est aussi pur qu'ils le disent, je peux à peine imaginer ce que la moindre caresse lui ferait. Je ferais en sorte qu'elle tremble sous moi, me suppliant de continuer. Zed n'arriverait jamais à la faire jouir comme moi j'en serais capable.

Mais se laisserait-elle faire avec lui ? Si la concurrence était vraiment loyale, Tessa me choisirait-elle plutôt que lui ? Je me tourne vers Zed.

– Tu sais… on pourrait rendre tout ça encore plus intéressant. T'es partant ?

– Ça dépend, me dit-il en souriant.

– Hum… Ok, alors voyons lequel de nous deux arrivera à coucher avec elle.

Quel est l'intérêt ? Je me pose la question au moment même où je prononce ces mots.

Mais une autre part de moi répond : *Ça pourrait être marrant. Au moins, ça m'occupera et ça me donnera une bonne raison de l'embêter encore plus.*

– Je ne sais pas…

Zed hésite. Vu notre passé et la rancœur inexprimée qu'il éprouve contre moi, je m'attendais à ce qu'il soit prêt à tout pour m'enfoncer.

– Allez, ne fais pas ta p'tite bite. Ça ne sera pas si compliqué. On mettra Steph dans le coup pour s'assurer qu'elle vienne à la prochaine fête et qu'elle soit cool avec nous. Elle est jeune et naïve – ça sera facile.

J'ai déjà fait ce genre de truc avant – la proie et l'enjeu étaient différents, mais un jeu reste un jeu. Molly continue à se plaindre, comme d'habitude :

– C'est débile. Personne n'en a rien à foutre de savoir qui peut dépuceler une fille.

Jace s'étouffe avec la fumée qui emplit ses poumons et fait tourner le joint à Molly.

– Si tu es si sûr de toi, je te donne une semaine.

– Une semaine ? Mec, elle est vraiment chiante et on ne s'entend déjà pas très bien. Je pense avoir besoin d'un peu plus de temps que ça.

Ils ne savent pas à quel point cette fille est bornée. Elle est désagréable et vraiment autoritaire, putain.

– Combien ? Deux semaines ? Écoute, si t'y arrives en moins d'un mois, je te file cinq cents dollars.

Zed s'adosse au muret.

– Cinq cents dollars ?

Molly nous regarde bouche bée. C'est amusant de la voir enrager. C'est une pute qui a besoin d'attention, jusqu'au bout des ongles, et elle déteste Tessa pour lui avoir volé la vedette.

– Et j'ajouterai trois cents. Ça fait huit cents. Tu penses pouvoir y arriver ? me demande Jace les yeux injectés de sang.

– Ouais, bien sûr que je peux le faire. J'espère juste qu'elle ne deviendra pas complètement psycho et collante.

Est-ce que je vais me vanter, ou pas, des précédentes fois où j'ai gagné des jeux comme celui-ci ? Je décide que non. Je suis surpris de voir à quel point mon petit sourire suffisant revient rapidement sur mon visage. C'est ma marque de fabrique, celle que Mark, mon vieux pote de Hampstead, appelait toujours « le sourire du renard ». C'est ce à quoi je ressemble lorsque je sais que je vais remporter une victoire sur quelque chose, ou quelqu'un. Et donc, j'affiche mon petit sourire à Zed, en élaborant un plan dans ma tête pendant que le groupe attend que d'autres dollars soient ajoutés.

– J'en doute...

Nate rigole et allume une autre cigarette.

– Elle ne fera rien avec toi. Elle n'est pas bête, dit Zed en me regardant.

Jace se marre en me fixant droit dans les yeux.

– Ouais, et on aura besoin de preuves une fois que ce sera fait.

Des preuves ? Ça ne devrait pas être trop difficile. Je peux me montrer créatif. Les yeux toujours fixés sur moi, Jace se penche en arrière et ajoute :

– Que pensez-vous d'une vidéo ? Je pourrais me servir d'un nouveau matos.

– Non, non. C'est trop risqué.

Il m'énerve. J'ai déjà fait ce genre de trucs et je ne veux pas recommencer maintenant. Puis, m'adressant à Zed :

– Crois-moi, j'aurai des preuves sans tout ça. Je n'ai encore jamais baisé une vierge. Ça devrait être marrant.

J'affiche un faux sourire et approche mes doigts de l'anneau sur ma lèvre comme si j'essayais de le cacher.

Molly lance :

– Attendez une seconde, comment deux débiles comme vous, vous allez vous y prendre exactement pour tout mettre en œuvre ? Ça n'a pas de sens : tout à coup, ensemble et en même temps, vous allez essayer de la baiser ? Essayez au moins de réfléchir, putain.

Agacée, elle rejette ses cheveux en arrière. Elle ronchonne et tend la main pour prendre le briquet de Nate.

– Bien vu, dit Jace. Que diriez-vous d'un jeu ?

– Un jeu ? demande Zed intrigué.

– Comme Défi ou Vérité. On pourrait lui poser des questions sur le sexe, lui demander de confirmer qu'elle est vierge. Comme ça au moins, vous ne perdrez pas inutilement votre temps à essayer.

Jace nous désigne de la main, Zed et moi.

– Défi ou Vérité ? Tu te fous de ma gueule. Plus personne ne joue à ce jeu de merde.

– Idée stupide.

Nate secoue la tête. La déception se lit sur son visage.

Plus personne, en dehors des collégiens, ne voudrait jouer à Défi ou Vérité. Mais Steph intervient :

– En fait, c'est une bonne idée, si on y réfléchit. Elle est tellement innocente, elle pensera que c'est un jeu que les étudiants font pour s'amuser. C'est suffisamment à l'ancienne pour lui paraître dangereux, et juste assez facile pour qu'elle comprenne.

Je regarde le groupe. Ils sont tous en train de se marrer en hochant la tête. Quels crétins !

Je hausse les épaules pour montrer que je suis partant, mais seulement parce que je n'ai pas de meilleure idée. Jace met fin à la discussion :

– Défi ou Vérité, voilà.

LA FÊTE EST PLEINE À CRAQUER, encore plus que celle de la semaine dernière. Et je suis sobre, comme toujours. Je suis resté un moment dans ma chambre tandis que le volume de la musique s'intensifiait, puis je me suis décidé à descendre.

Alors que je déambule dans le salon à la recherche de Nate, je m'arrête net en voyant Tessa assise sur le canapé. Ou plutôt, je *crois* que c'est Tessa ? Elle est habillée d'une manière différente. Vraiment différente. Ses mystérieux yeux bleu gris dessinés à l'eye-liner ressortent encore plus, et ses vêtements sont parfaitement ajustés aux courbes de son corps.

Putain de merde, elle est sexy. Je ne lui dirai jamais, mais putain, elle est vraiment sexy.

– Tu es... différente.

Je ne peux détourner mon regard d'elle quand elle se lève. Ses hanches – merde, ces putains de hanches devraient être marquées de l'empreinte de mes doigts.

– Ça te va très bien cette tenue, pour une fois.

Ma phrase sonne comme une blague, mais ce n'était pas mon intention.

Elle lève les yeux au ciel et réajuste son chemisier pour cacher son incroyable décolleté.

– C'est une surprise de te voir ici.

Je continue de la mater.

Elle souffle.

– Je suis moi-même un peu surprise d'avoir atterri ici, une fois de plus.

Tout à coup, elle s'éloigne de moi et j'hésite un instant à la suivre. Je connais le plan, et maintenant qu'elle s'habille comme ça, je suis encore plus décidé à faire avancer les choses. Je décide de ne pas y aller, pas tout de suite. Je la laisse se perdre un peu dans la foule.

Quelques minutes plus tard, je suis adossé au comptoir du bar dans la cuisine quand Molly s'approche de moi et me demande :

– Alors, toujours prêt pour ces conneries, ou pas ?

Elle est irritée et jalouse de ce nouveau centre d'intérêt. J'ai bien saisi. Elle est habituée à attirer l'attention du sexe opposé ; c'est sa manière à elle de se sentir exister.

Je comprends ça mieux que personne.

– Alors ?

Je hausse un sourcil dans sa direction. Elle lève au ciel ses yeux chargés d'eye-liner.

– Bon, je vais dire à Steph de la trouver et de l'amener ici dans le salon, puisque de toute évidence, tu ne seras d'aucune aide.

Le temps de m'asseoir, un verre d'eau à la main, Tessa a rejoint le groupe. Le jeu commence. Je me sens mal à l'aise mais excité aussi, d'une certaine façon. J'essaie de ne pas penser à Natalie, Melissa ou à n'importe quelle autre de ces filles. Ce n'est pas leur faute si elles sont nées dans une société qui côtoie la racaille, dont moi. Zed attaque :

– Si on jouait à Défi ou Vérité ?

Notre petite bande d'amis tatoués se rassemble autour du canapé. Quand Molly fait passer une bouteille de vodka, je regarde ailleurs et bois mon eau comme si elle me brûlait la gorge d'une façon familière.

Steph, Nate, son coloc Tristan, Zed et Molly boivent les uns après les autres à la bouteille. Tessa les observe mais n'en prend pas. Je ne pense pas qu'elle soit une ancienne accro comme moi. Peut-être qu'elle n'aime simplement pas boire. Même un soir de fête à la fac.

– Pourquoi tu ne jouerais pas avec nous, Tessa ?

Molly lui sourit. Je connais ce sourire. Il n'annonce rien de bon. Je n'arrive toujours pas à croire que nous sommes en train de jouer à ce jeu de gamins à la con.

– Non, je ne préfère pas.

Tessa se ronge les ongles, je jette un regard à Zed. Il semble un peu inquiet. Peut-être qu'il est intimidé par la façon qu'elle a de me fixer, moi plutôt que lui. Je décide de la provoquer :

– Pour participer à ce jeu, il faudrait qu'elle arrête cinq minutes de jouer les prudes.

Tout le monde rigole – sauf Steph qui joue remarquablement bien son jeu. Elle ne peut pas me tromper ; je connais bien l'animal.

Je vois Tessa s'étrangler devant la pression des autres, prête à capituler, alors je me penche vers Zed et lui glisse :

– Ça va être facile. Tu pourrais tout aussi bien me payer tout de suite.

Peut-être que ce jeu était une bonne idée après tout.

Lors des premiers tours, Zed s'enfile une bière d'une traite et Molly montre ses piercings aux tétons. Je prends un plaisir fou à observer les yeux de Tessa sortir de leurs orbites et ses joues devenir rouges en regardant Molly. Je ne peux m'empêcher d'imaginer la poitrine généreuse de Tessa, ses seins pointus et doux, percés de petits fils de fer.

– Défi ou Vérité, Theresa ?

Nate lance enfin le vrai jeu. Pas trop tôt.

– Vérité.

Elle semble peu rassurée. Je note au passage qu'elle n'a pas corrigé Nate quand il l'a appelée Theresa, alors que chaque fois que c'est moi, elle réagit comme si elle allait m'arracher les couilles pour nourrir son toutou de copain. Je la provoque :

– Évidemment.

Elle me regarde tandis que Nate se frotte les mains en faisant comme si nous ne nous étions pas déjà mis d'accord sur la question qu'il allait lui poser.

– Ok. Es-tu... vierge ?

Les yeux de Tessa s'élargissent, encore plus que d'habitude. Un petit bruit étranglé sort de sa gorge. Elle est choquée, horrifiée et offensée qu'un inconnu lui pose une question si intime. Elle rougit du cou à la poitrine et ses mains s'agitent nerveusement. Je suis sûr qu'elle est en train de se demander si elle devrait lui botter le cul ou s'enfuir à l'autre bout de la pièce.

– Alors ?

En lui posant la question, j'imagine son corps nu sous le mien. Sa voix, douce et discrète, ferait des bruits qu'aucun homme n'aurait entendus auparavant. Putain, cette vision est fascinante, mais aussi complètement barrée étant donné que je ne peux pas approcher cette fille sans qu'elle m'agresse et me prenne de haut.

Finalement, la fille innocente hoche simplement la tête.

À ce moment précis, chacun de nous pense à notre jeu et au fait que cette fille adorable, innocente et tourmentée, vient d'en devenir la pièce maîtresse.

Tessa est vierge – elle vient juste de l'admettre devant nous. Je savais que ce serait la vérité, avant même qu'elle le reconnaisse. Je le voyais à sa manière d'être la seule à frissonner en écoutant nos conversations. L'idée d'être le premier à la posséder et à pouvoir lui montrer tout ce qu'elle a manqué me fait bander. Je me demande ce qu'elle porte sous sa tenue. Sa peau douce, ses seins ronds, ses tétons qui durcissent sous mes caresses. Maintenant, le jeu a vraiment commencé, et mon sang bouillonne à l'intérieur de mes veines. Je n'attends que l'instant de la pénétrer.

Elle joue avec ses cheveux blonds à l'autre bout du cercle, et je les imagine enroulés autour de mon poing, pour l'attirer plus près de moi encore, alors que je la baise par-derrière. Je donnerais une fessée sur son cul rebondi, espérant y laisser une marque. Elle gémirait mon nom à travers ses lèvres roses et pulpeuses. Mon nom sonnera si bien dans sa bouche. J'ajuste mon pantalon et continue de fixer Tessa.

Elle passe sa langue sur ses lèvres, et je rugis intérieurement.

Je me demande combien de queues elle a accueillies dans sa gorge. Si elle a déjà goûté à la semence d'un homme avant. Alors que la conversation se poursuit, j'apprends qu'elle n'a pratiquement jamais rien fait sur le plan sexuel, et j'ai l'intention de lui montrer chaque putain de détail de ce qu'elle a manqué jusqu'à présent.

7

Tant d'erreurs peuvent être commises dans la vie, lui les avait toutes faites. Chaque parcelle de respect qu'il avait envers elle semblait s'évaporer dans la confusion de son esprit. Il l'aimait et la chérissait plus que sa propre vie, mais ne faisait qu'échouer, échouer et échouer encore à le lui montrer. À saisir le bon moment pour le faire. Il se joua d'elle, prit part à des jeux immatures et ne lui montra pas sa vérité. Cette vérité enfouie quelque part, verrouillée à double tour et gardée en otage par son éducation, par le fait qu'il avait sûrement oublié le peu de fois où il avait été câliné et chéri quand il était enfant. Il n'essayait pas de se trouver des excuses, il était seulement habitué à agir ainsi. Il rejetait sans cesse la faute sur les autres et n'assumait jamais la responsabilité de ses paroles ou de ses actes. C'était plus facile comme ça.

Mais, finalement, il apprit la leçon.

– Défi.

Ce jeu de gamin me fait halluciner. Comme si tout le monde ignorait que j'allais répondre ça.

Je fixe Tessa et vois mère Teresa échouer devant le challenge de proposer un défi intéressant.

– Hum... Je te mets au défi de...

Elle est à court d'idées. Tout le monde s'impatiente et attend sa question alors qu'elle est en train de tomber dans notre piège. Je lui mets la pression pour qu'elle abrège enfin.

– De quoi ?

Cette fille, qui ne sait même pas dans quel pétrin elle s'est fourrée avec cette bande de chacals... est assise, là, en silence, et regarde le groupe qui l'entoure, une lueur de panique dans les yeux. Ce n'est qu'un jeu, mais je devine qu'elle est perfectionniste. Même pour une chose aussi futile. C'est amusant de la voir s'inquiéter pour un truc si ridicule. Elle a la manie de mordiller sa lèvre inférieure, de la même manière que je joue avec mon anneau. Je l'imagine un instant avec un piercing à la lèvre. Putain, elle serait grave sexy.

– D'enlever ton t-shirt et de rester torse nu jusqu'à la fin du jeu.

C'est Molly qui parle à la place de Tessa.

Les joues de Tessa rougissent. Ça devient une habitude.

– C'est vraiment puéril.

Je fais glisser mon t-shirt noir au-dessus de ma tête et capte le regard de Tessa sur mon corps. Elle me fixe avec une extrême intensité. Si intensément qu'elle ne remarque même pas que je l'ai surprise. Steph lui donne un coup de coude. Elle détourne la tête, les joues rouges et les yeux baissés.

Je suis officiellement en train de remporter ce pari. Zed n'a aucune chance.

Le jeu se poursuit, et je reste assis ici, à moitié redressé, à observer Tessa qui tente de ne pas regarder dans ma direction. Je n'arrive pas à lire en elle – je ne sais pas si mes tatouages l'intriguent ou la dégoûtent. Sa mâchoire continue de trembler ; elle fait de son mieux pour la maîtriser.

Intéressant.

– Tessa, Défi ou Vérité ? demande Tristan.

Je me penche en arrière et prends appui sur mes paumes.

– Pourquoi tu demandes ça ? On sait tous qu'elle va dire Vérité...

– Défi !

Cette fille est vraiment bornée, je suis surpris par le ton agressif de sa voix. Sa réponse sonne comme une provocation, à l'inverse de ce que j'avais cru percevoir quelques instants plus tôt. Tristan lui sourit :

– Hum... Tessa, je te mets au défi de... boire un shot de vodka.

– Je ne bois jamais d'alcool.

Et elle secoue la tête en signe de refus.

Même si je m'en doutais, je suis content de cette révélation. Tout le monde ici ne fait rien d'autre qu'attendre la prochaine cuite. C'est rafraîchissant de voir quelqu'un qui ne compte pas là-dessus. Tristan insiste :

– C'est tout l'intérêt du défi.

– Écoute, si tu ne veux pas le faire... intervient Nate.

Molly chuchote à mon oreille.

– C'est vraiment une petite nature.

Une petite nature ? Parce qu'elle ne veut pas boire ?

– D'accord, un shot.

Alors comme ça, Mademoiselle Oh-je-ne-fais-jamais-rien-de-ma-vie cède si facilement.

Honnêtement, je suis un peu déçu. Je ne saurais pas dire pourquoi mais je pensais que cette fille était différente, qu'elle n'était pas comme nous tous, en recherche permanente et pathétique d'attention.

Il semblerait que je me sois trompé à son sujet.

– Même défi.

Zed prend une grande gorgée avant de faire passer la vodka. Ça me perturbe de les voir tous boire dans la même bouteille ; c'est dégueulasse, vraiment.

Alors que le jeu se poursuit, verre après verre, elle grimace et essuie l'alcool brûlant sur ses lèvres. À présent, ses yeux sont aussi rouges que ses joues. Elle a l'air perdue et chancelante, même assise.

Elle porte de nouveau la bouteille à ses lèvres et je me retrouve en train de l'arracher de ses mains. Elle n'essaie même pas de m'arrêter – sent-elle qu'elle a assez bu ?

Considère-t-elle cela comme un avant-goût de liberté ? Une fille surprotégée, plongée là, dans ce grand monde cruel fait de gens qui boivent pour oublier les problèmes que leurs foutus parents leur ont transmis. Peut-être que son problème est le même que le mien, avoir été maltraité. Est-ce que cette fille a été négligée elle aussi ? Je pose mon regard vers le col délicatement ajusté de sa chemise. Non, elle n'a certainement pas été délaissée. Il est possible que son manque de confiance en elle ne soit qu'une phase. Elle veut se libérer du carcan de papa et maman et se prouver qu'elle aussi peut être une fille délurée. Qu'elle est parfaitement capable de traîner avec des bad boys et de boire jusqu'à s'en rendre malade.

L'autre possibilité, c'est que la plupart d'entre nous sommes très doués pour tirer les gens vers le bas.

– Je crois que tu as assez bu.

Je lui retire la bouteille des mains pour la passer à Nate, mais Tessa l'agrippe rapidement au dernier moment et prend une autre gorgée. Un filet d'alcool coule sur ses lèvres pulpeuses avant qu'elle ne passe sa langue pour les nettoyer. J'observe sa gorge tandis qu'elle avale une gorgée de manière provocante, et j'ai envie d'écarter ses lèvres pour boire la liqueur dans sa bouche.

Je chasse cette vision de mon esprit. Molly me jette un coup d'œil et fait tourner son doigt dans les airs pour dire que je suis fou.

Peut-être que je le suis. Zed demande :

– J'y crois pas, Tess ! Tu n'as jamais pris une cuite ? C'est cool, non ?

Elle glousse, je lève les yeux au ciel.

– Hardin, Défi ou Vérité ? demande Molly.

– Défi.

Avait-elle vraiment besoin de le demander ? Peut-être que j'aurais dû faire comme Tessa, juste pour prouver que je suis imprévisible moi aussi.

– Je te mets au défi d'embrasser Tessa.

Les lèvres maquillées de Molly s'étirent en un petit sourire, et j'entends Tessa déglutir. Avant même que je ne réagisse, elle intervient :

– Non. J'ai un petit ami.

– Et alors ? C'est juste un défi, fais-le !

Molly l'invective en se triturant les ongles. La voix de Tessa monte d'un cran :

– Non ! Je n'embrasserai personne.

Elle se lève et se précipite à l'autre bout de la pièce. Je bois une gorgée d'eau en la regardant disparaître derrière la porte. Elle a passé toute la soirée à fixer mon torse nu, alors pourquoi serait-elle si dégoûtée à l'idée de m'embrasser, au point de piquer une crise et de se sauver en courant ?

À moins peut-être qu'un baiser représente plus pour elle que le simple fait de réaliser son gage ?

– Et voilà, Mesdames et Messieurs !

Nate rigole et se penche vers moi. La bière déborde de son gobelet et se répand sur le tapis devant lui. Il ne prend même pas la peine de nettoyer.

– Tu ferais bien de lui courir après, ou tu vas perdre.

Steph se moque de moi pendant que je remets mon t-shirt. Eh ben dis donc, elle est tout le temps énervée ces derniers temps. C'est quoi son problème ?

– Eh, les deux enfoirés, lequel de vous va la rattraper ? demande Nate.

Je regarde la pièce noire de monde. Aucune présence d'elle à l'horizon. Zed m'observe. Il tente d'évaluer ma réaction à cette colère. Je garde un visage impassible, sans exprimer le moindre soupçon d'intérêt, mais je scanne de nouveau la pièce. Il n'est pas question que je le laisse être le premier à l'avoir. Elle est agacée parce qu'ils l'ont mise au défi de m'embrasser. Ce jeu débile n'était pas mon idée de toute façon, et maintenant c'est en train de se retourner contre nous. Je leur avais bien dit que c'était une putain de mauvaise idée. Quand Logan détourne l'attention de Zed, je me penche sur le côté pour mater la cuisine. Je repère Tessa et me mets debout. Molly m'attrape le bras au moment où je me lève :

– Où tu vas ?

– Euh, chercher de l'eau.

Je baisse le regard vers mon gobelet plein, n'en ayant rien à foutre qu'elle se soit rendu compte de ma ruse, ou pas.

Je jette un œil dans la pièce et me faufile dans la foule en cherchant les cheveux blonds de Tessa. Quand j'entre dans la cuisine, elle se tient debout près du bar, une bouteille de whisky dans la main. Elle lève la bouteille, et je peux sentir ce familier et douloureux manque au fond de ma gorge.

Je suis consterné de voir que cette fille peut tomber aussi facilement dans une habitude si dangereuse.

La manière dont ses yeux se ferment à moitié et le petit bruit étouffé qu'elle fait quand elle a fini de boire... Ça a l'air de la brûler et de la rendre à moitié malade, pourtant elle prend une autre gorgée. Est-ce qu'elle aimerait ça ? Est-ce que ça la ferait oublier certaines choses, en anesthésiant son esprit pour en chasser les souvenirs, comme ça le faisait pour moi ? Est-ce que cette fille *a* aussi des souvenirs qu'elle voudrait oublier ? Vu de là, on dirait bien.

Je continue de la fixer, elle fait couler l'eau du robinet et cherche un verre. Elle ouvre le placard et jette un regard du côté de la porte. Je recule pour ne pas être vu.

Que suis-je en train de faire ? À la suivre partout et à observer sa soudaine addiction à cet alcool qui permet d'oublier.

Je fais soudain demi-tour pour rejoindre le groupe. Quand je me rassieds sur le sol dégoûtant, Molly charrie Logan sur son rencard de la nuit dernière et Nate allume une cigarette.

– Viens, on se casse d'ici. Je m'ennuie et je vois bien que toi aussi.

Molly enroule ses bras autour de mes épaules et je peux sentir son souffle chaud dans mon cou. Je l'ignore et secoue la tête. Elle revient à la charge quand je lui lâche :

– Je vais en haut.

Ses bras, durs comme de l'acier, me tirent vers le bas pour me retenir.

– Bonne idée.

Elle presse ses lèvres contre mon cou. Comme elle a trop bu et que de mon côté, je me lève très rapidement, elle retombe sur le tapis au moment où elle tente de passer ses bras autour de moi. Je me redresse et Logan se moque d'elle :

– Oh là là. C'était horrible à voir !

Elle lui envoie un petit coup et se tourne vers moi.

– Sérieusement, Hardin ?

– Sérieusement, Molly.

Je me détourne d'elle et me dirige vers les escaliers.

Au moment où j'atteins la dernière marche, mon portable sonne dans ma poche avant. Le nom de Ken apparaît sur l'écran. J'appuie sur la touche « ignorer ». Je ne suis pas d'humeur à bavarder avec lui. Comme d'habitude. Je veux juste rester seul, loin de cette musique et de toutes ces voix. Je veux trouver une excuse de merde pour faire en sorte que mon père arrête d'essayer de se « lier » à moi. Je veux me plonger dans un monde romanesque où les personnages ont des problèmes bien pires que les miens pour que ça me rende un peu plus normal que je ne suis.

Mais quand j'approche de ma chambre, j'aperçois la porte ouverte. C'est suffisant pour que je me rende compte que quelque chose cloche. Je ferme toujours cette foutue porte à clé ; aurais-je oublié ?

À l'intérieur, Tessa est assise sur mon lit, un de mes livres à la main. Mon portable vibre encore. Je transfère ma colère de Ken à elle. Elle croit qu'elle peut juste faire ce qu'elle veut quand elle veut, putain ? Qu'elle peut entrer dans ma chambre, une fois de plus, sans ma permission ?

Pourquoi est-elle là ? Je l'ai déjà prévenue. C'est quoi son problème ?

Je me dirige vers elle.

– Qu'est-ce que tu n'as pas compris dans « Personne Entre Dans Ma Chambre » ?

Surprise, elle redresse les épaules.

– D... désolée. Je...

Sa voix tremble et ses yeux s'agrandissent, pas de peur... non, de colère. Elle essaie encore ce truc, ce truc où elle se montre hyperpatiente avec moi.

Je fais un geste vers la porte.

– Dégage !

– Tu es vraiment obligé d'être aussi con ?

– Tu es dans ma chambre.

Le volume de ma voix atteint le sien et je répète :

– Je t'ai déjà dit de dégager, et tu es encore une fois dans ma chambre. Allez, dégage !

– Pourquoi tu ne m'aimes pas ?

Je vois qu'elle essaie de jouer les dures, mais sa voix est plus étouffée, et ses grands yeux font accélérer mon rythme cardiaque.

8

La question, si audacieuse et spontanée, l'avait surpris et lui avait fait réaliser qu'il se tenait au bord d'un précipice. D'un simple coup de vent, il pouvait basculer.

• ———— •

Pourquoi demanderait-elle cela ? La raison pour laquelle je ne l'aime pas n'est-elle pas évidente ? Elle est chiante à mourir. Elle...

Euh...

Elle se croit supérieure avec ses idées bien arrêtées. Elle est constamment en train de me juger et de me faire chier sur mon attitude quand je commence à la chercher. Et elle...

Elle n'est pas si mal, je suppose. J'essaie de garder une voix calme.

– Pourquoi tu me demandes ça ?

Elle me fixe. Je lui rends la pareille en la fixant d'une manière aussi dure. Elle croit qu'elle peut m'intimider ? Elle est dans ma chambre, me pose des questions stupides, et elle me regarde comme ça...

– Je ne sais pas... Parce que moi, je suis toujours sympa avec toi, et toi tu ne fais que te montrer grossier. Pourtant, tu vois, à un moment je pensais vraiment qu'on finirait par être amis.

Ses yeux injectés de sang ne fléchissent pas et soutiennent que je ne sais rien d'elle. Ou que je m'en fous.

Amis ? Elle est sérieuse, putain ? Je n'ai pas d'amis. Et je n'en ai pas besoin. J'ai un rire forcé :

– Nous deux ? Amis ? Tu ne vois pas pourquoi c'est impossible ?

– Moi ? Non.

Sa réponse est franche, et au début, je crois presque que c'est une blague. Mais la conviction dans sa voix me fait comprendre qu'elle est sérieuse, en fait. Cette fille est complètement folle. Elle pense qu'un mec comme moi pourrait être ami avec une fille comme elle ? N'est-elle pas au courant que je peux à peine supporter les gens en général, y compris mon propre groupe d'« amis » ?

Par où commencer pour lui expliquer toutes les raisons qui font que ça ne marcherait jamais ?

– Eh bien, pour commencer, tu es bien trop coincée – tu as probablement grandi dans un petit pavillon impeccable, exactement semblable à tous ceux de ta rue.

Je revois la crasse noire qui recouvrait le plafond de ma chambre d'enfant et poursuis.

– Tes parents t'achetaient certainement tout ce que tu voulais, et tu n'as jamais manqué de rien. Et tu portes des jupes plissées débiles...

Je regarde la tenue qu'elle porte maintenant, ignorant la manière dont la matière enveloppe ses hanches plantureuses.

– Je veux dire, franchement, qui s'habille encore comme ça à dix-huit ans ?

Elle reste bouche bée et s'avance vers moi. Je recule spontanément et sais déjà, en voyant le gris nuageux de ses yeux, que je vais m'en prendre plein la tête.

– Tu ne sais rien de moi, espèce de connard arrogant ! Ma vie n'a rien à voir avec ça ! Mon alcoolique de père s'est barré quand j'avais dix ans, et ma mère a bossé comme une malade pour me payer des études. Dès que j'ai eu seize ans, j'ai trouvé un boulot pour l'aider à payer les factures. Et il se trouve que mes vêtements *me plaisent* à moi. (Elle agite la main vers sa tenue en criant. Elle est si contrariée que sa petite main tremble.) Désolée de ne pas m'habiller comme une pute, comme toutes les filles que tu connais ! Pour quelqu'un qui essaie tellement de se démarquer et d'être différent des autres, je trouve que tu critiques surtout les gens qui sont différents de *toi* !

Et là, pour clôturer sa tirade, elle me tourne le dos pour faire face à la porte.

Dit-elle la vérité ? Cette fille si parfaite ferait-elle partie du clan malheureux de ces enfants qui ont dû grandir trop vite ? Si c'est le cas, pourquoi sourit-elle tout le temps ?

Moi, je critique les gens ? Elle me dit que moi je juge alors qu'elle vient tout juste de cataloguer les filles qui s'habillent d'une certaine manière comme des salopes ? Elle me fixe maintenant et attend ma réaction, mais je n'en ai aucune. Je reste sans voix devant cette fougueuse, *critique* et mystérieuse jeune femme.

Avant que mon cerveau ait eu le temps de sortir de sa torpeur, elle reprend :

– Tu sais quoi, Hardin ? Je ne veux pas être ton amie, de toute façon !

Tessa tend sa main vers la poignée de porte, et je repense à mon tout premier ami, Seth. Sa famille n'avait pas d'argent non plus, mais au décès d'un de ses riches grands-parents, qu'il connaissait à peine, il hérita d'une grosse somme d'argent. Ses chaussures pourries ont été remplacées par des baskets toutes blanches avec des lumières sous la semelle. Je les trouvais hypercool. J'avais demandé à ma mère d'en avoir une paire identique à mon prochain anniversaire. Elle m'avait adressé un sourire triste. Le matin de mon anniversaire, elle m'avait tendu une boîte de chaussures. J'étais si impatient d'ouvrir la boîte ! J'attendais ces foutues chaussures lumineuses. À l'intérieur de la boîte, il y avait bien une paire de chaussures, ok, mais sans jolie lumière sous la semelle. Je voyais que ce cadeau la rendait triste, mais je ne comprenais pas vraiment pourquoi. Les mois passaient, et je voyais Seth de moins en moins, jusqu'au jour où je l'ai vu passer près de ma maison avec ses nouveaux copains. Tous portaient des chaussures lumineuses.

Il fut mon premier et mon dernier ami, et ma vie fut bien plus simple sans amitié.

– Tu vas où?

Ma question s'adresse à Tessa, la fille qui pensait que nous pourrions être amis. Elle s'arrête, troublée. Comme je le suis.

– Prendre le bus pour rentrer dans ma chambre et ne plus jamais, jamais, remettre les pieds ici. J'en ai *assez* d'essayer d'être amie avec vous.

J'ai l'impression d'être une vraie merde. D'un côté, le fait qu'elle me haïsse m'arrangerait à long terme, mais d'un autre côté... bon, je veux qu'elle m'apprécie assez pour baiser avec elle.

Elle pourra me détester une fois que j'aurai gagné le pari.

– Il est trop tard pour que tu prennes le bus toute seule.

Vu sa manière d'agir et le fait qu'elle a bu de l'alcool toute la soirée, ce serait une putain de mauvaise idée d'aller à l'arrêt de bus toute seule.

Elle se retourne pour me regarder, et je remarque pour la première fois des larmes dans ses yeux.

– Sérieusement, tu n'essaies quand même pas de me faire croire que tu t'inquiètes pour moi ?

Tessa rigole en secouant la tête.

– Ce n'est pas ce que je dis... je te préviens c'est tout. C'est une mauvaise idée.

Je jette un œil à ma bibliothèque, et la comparaison avec Catherine, le personnage féminin central du livre qu'elle était en train de lire quand je suis entré, est évidente. Elle lui ressemble vraiment : caractérielle et toujours avec quelque chose à prouver. Elizabeth Bennet est pareille. Toujours à ouvrir la bouche pour avoir raison. J'aime ça. Les étudiantes d'aujourd'hui semblent avoir perdu ce répondant. Elles cherchent seulement à plaire aux hommes, même pas à elles-mêmes – où est l'intérêt ?

– En fait, Hardin, je n'ai pas le choix. Tout le monde est soûl, moi y compris.

Elle recommence à pleurer. Je m'adoucis un peu. Pourquoi pleure-t-elle ? On dirait qu'elle ne fait que ça tout le temps.

J'essaie de la réconforter de la seule manière que je connaisse... avec sarcasme.

– Tu pleures toujours dans les fêtes ?

– Il faut croire. Chaque fois que tu y es, en tout cas. Et aussi parce que ce sont les seules fêtes auxquelles je sois jamais allée...

Tessa ouvre ma porte, mais alors qu'elle s'apprête à sortir, elle trébuche et se rattrape au coin de la commode.

– Theresa... Ça va ?

Ma voix est douce, plus douce que je ne l'aurais imaginé.

Elle hoche la tête. Elle semble désorientée, énervée et surprise ; principalement énervée, quand même.

En quoi ça m'importe qu'elle aille bien ? Elle est malade et bourrée, et il n'est pas question que j'essaie quoi que ce soit pour gagner des points contre Zed ce soir. Je n'en ai pas envie, et ce serait tricher, de toute manière ; elle est bien trop soûle. Je suggère :

– Assieds-toi une minute, tu iras prendre le bus après, quand ça ira mieux.

Peut-être que je gagnerai des points pour avoir été un mec sympa.

– Je croyais que personne n'avait le droit d'entrer dans ta chambre.

Sa voix est douce et pleine de curiosité alors qu'elle s'assied sur le sol. Si elle savait toute la merde qu'il y a eu sur ce sol, elle ne resterait pas assise là, c'est sûr.

Je me surprends à sourire. Au moment où je m'en rends compte, je m'arrête net. Je me reprends. Elle secoue la tête et se met à hoqueter comme si elle allait vomir d'une seconde à l'autre. Je la préviens :

– Si jamais tu dégueules dans ma chambre...

Elle nettoiera sa merde, ça c'est sûr.

– Je crois que j'ai juste besoin d'un verre d'eau.

Je lui tends mon gobelet.

– Tiens.

Sa main le repousse et elle lève les yeux au ciel, agacée.

– J'ai dit de l'eau, pas de la bière.

– *C'est* de l'eau. Je ne bois pas.

Elle renifle :

– Morte de rire. Et tu ne vas pas rester assis là, à jouer les nounous, si ?

Oh que si, je vais le faire. Je ne vais pas la laisser seule ici pour foutre le bordel dans mes affaires ou vomir sur mes livres.

– Tu fais sortir ce qu'il y a de pire en moi.

Son commentaire me tire de mon silence. Je lui réponds sèchement.

– Tu es dure.

Je fais sortir ce qu'il y a de pire en elle ? Elle ne me connaît même pas. Je poursuis :

– Et, oui, je vais rester assis là, à jouer les nounous pour toi. C'est la première fois de ta vie que tu prends une cuite. En plus, tu as la mauvaise habitude de toucher à mes affaires quand je ne suis pas là.

Je m'assieds sur mon lit pendant qu'elle prend une gorgée d'eau avec précaution. C'est bien ce que je pensais. La pièce est sûrement en train de tanguer dans sa tête. La pauvre. Je l'examine attentivement alors qu'elle ingurgite l'eau. Cette manière de fermer les yeux et de se lécher les lèvres quand elle a fini, sa façon de respirer trop fort. Je la fixe sans qu'elle le remarque et fais tout mon possible pour ne pas analyser la raison pour laquelle elle m'intéresse autant.

Il y a juste tant de choses que je ne sais pas sur elle, tellement de choses que je voudrais savoir.

Elle semble facile à cerner, en apparence. Elle est blonde, d'une beauté naturelle, et je peux dire, à sa manière vieillotte de parler, qu'elle passe des heures et des heures la tête plongée dans ses bouquins. Pourtant, son caractère et sa manière d'être sans cesse sur la défensive me poussent à creuser davantage. Je lui demande sans réfléchir :

– Je peux te poser une question ?

J'essaie de lui sourire, mais j'ai l'impression d'avoir l'air bizarre.

Elle fronce des sourcils et finit par articuler péniblement :

– Bien ssssûr.

Qu'est-ce que je vais bien pouvoir lui demander ? Je m'attendais à ce qu'elle m'envoie promener.

Je sors la question la plus simple qui me vienne à l'esprit.

– Qu'est-ce que tu veux faire après la fac ?

Je sais que j'aurais dû lui demander quelque chose de plus personnel, quelque chose qui m'aurait aidé à remporter ce jeu contre Zed.

Tessa semble réfléchir à la question et agite ses doigts contre son menton avant de répondre.

– En fait, je voudrais devenir écrivain ou travailler dans l'édition, ce qui se présentera en premier.

J'aurais pu facilement le deviner.

Je ne lui dis pas que j'ai l'intention de faire exactement la même chose. Au lieu de ça, je regarde devant moi, dans le vide, après avoir levé les yeux au ciel.

– C'est à toi, tous ces livres ?

Tessa montre ma bibliothèque. Je marmonne un oui.

– Lequel préfères-tu ?

– Je ne m'amuse pas à faire un classement.

Bordel de merde, je suis obligé de mentir, elle est bien curieuse. Elle glisse sur un terrain trop intime, et ça fait trop longtemps qu'elle est là. Qu'elle connaisse mon livre préféré ne m'aidera pas à obtenir ce que je veux.

J'ai besoin de renverser la situation vers quelque chose de moins personnel. Je dois la provoquer.

– Est-ce que Monsieur Beaugosse sait que tu es encore venue à une fête ?

Mon sourire en coin s'accorde à son air renfrogné. Mission accomplie.

– Monsieur Beaugosse ?

– Ton copain. *Jamais* vu un crétin pareil.

– Je t'interdis de parler de lui comme ça, il est très... très... gentil.

Je ne peux m'empêcher de rire devant son hésitation à trouver un compliment sur son petit copain à mocassins.

Elle me pointe du doigt.

– Même dans tes rêves, tu ne seras jamais aussi gentil que lui.

– *Gentil ?* C'est le premier mot qui te vient à l'esprit quand tu parles de ton mec ? Gentil, c'est ta façon « gentille » de dire qu'il est chiant.

Je rigole. Mais elle insiste avec un formidable aplomb.

– Tu ne le connais même pas.

– Je n'ai pas besoin de le connaître pour savoir qu'il est chiant. Il suffit de voir son cardigan et ses *mocassins.*

Je rigole pour de bon maintenant, je suis plié en deux. Je ne peux m'en empêcher. Quand je vois son expression énervée, je rigole encore plus fort, en imaginant la poupée Ken grandeur nature pleurnicher sur un trou fait dans son pull en cashmere.

– Il ne porte pas de mocassins, d'abord.

Tessa couvre sa bouche pour cacher une irrésistible envie de rire. Je l'ai vu. Je rigolerais aussi, à sa place. Elle prend une autre gorgée de mon eau et je poursuis.

– Arrête. Ça fait deux ans qu'il sort avec toi et il ne t'a pas encore baisée ? Je peux te dire que c'est un vrai tocard.

En entendant ces mots, Tessa recrache l'eau dans le gobelet.

– Qu'est-ce que tu viens de dire ?

– Tu m'as bien entendu, Theresa.

– Tu n'es qu'un connard, Hardin.

Putain, j'adore quand elle devient fougueuse comme...

Un jet d'eau froide m'asperge le visage !

Je suffoque, surpris par son audace. Je croyais qu'on s'amusait, à se balancer des commentaires désagréables l'un après l'autre. Je faisais exprès de la pousser à bout et j'avais l'impression qu'elle appréciait d'être titillée autant que j'aimais la provoquer.

En voyant l'expression de dégoût sur son visage, il semblerait que ce ne soit pas le cas.

Pourquoi ai-je mis le sujet de son copain sur le tapis ? Je suis un sombre idiot. Elle était bien là, assise dans ma chambre, à rigoler avec moi, et il a fallu que je gâche tout.

Tessa quitte précipitamment la chambre tandis que j'essuie l'eau sur mon visage et que je la suis dans le couloir. Je l'observe dévaler les marches deux par deux.

Retour dans ma chambre ; le bruissement sourd du ventilateur est ma seule compagnie. Je m'assieds sur mon lit, et pour la première fois depuis que j'ai emménagé ici, j'ai envie de ne pas rester seul dans cette chambre.

9

À l'instant même où elle posa les lèvres sur les siennes pour la première fois, il le sentit. Il sentit un changement s'opérer en lui quelque part, dans un endroit profondément caché, un endroit recouvert de poussière. Un endroit qui n'avait pas été touché depuis longtemps, autant qu'il pouvait s'en souvenir, probablement jamais d'ailleurs. Elle le réanima, lui apporta de la lumière, des rires et l'envie de vivre. Il sut, au moment où sa bouche trouva la sienne, qu'il ne serait plus jamais le même.

Tessa vient tout juste de me balancer de l'eau en pleine figure et de quitter la chambre dans un ouragan de soupirs, de halètements et de roulements d'yeux. Et me voilà déjà à lui courir derrière dans les escaliers, à peine quelques minutes après m'être assis dans ma chambre, à me lamenter comme un petit garçon qui fait une crise parce que son jouet préféré vient d'être cassé.

Seulement, Tessa n'est pas mon jouet préféré ; elle est trop lumineuse, trop neuve, pour que j'y joue avec mes mains sales.

J'essayais seulement de la mettre de bonne humeur et de lui remonter le moral. Visiblement, j'ai échoué. J'aurais dû me douter que parler de son copain débile lui ferait péter un plomb.

Elle est si agaçante. Elle se croit tout permis avec son sale caractère. Elle est bien trop sensible, c'est sûr, et ça me fait chier à mort. Non mais ! Qui ose jeter un verre, ok de l'eau... mais quand même... comme ça, aux visages des gens ? Pour quelqu'un qui a une si haute opinion d'elle, elle a vraiment un comportement de gamine capricieuse.

Quand j'arrive en bas des escaliers, Tessa est dans la cuisine en train de se servir un verre d'alcool. Elle cherche quelqu'un du regard dans la pièce. Tandis que je l'observe, mon portable vibre dans ma poche. C'est encore un texto de Ken :

KAREN PRÉPARE UN BON DÎNER CE SOIR SI TU VEUX PASSER. J'AIMERAIS TE PARLER DE QUELQUE CHOSE. TU N'AS PAS RÉPONDU À MES AUTRES TEXTOS, DONC J'AI SUPPOSÉ QU'UN SMS À 3H DU MATIN ARRIVERAIT JUSQU'À TOI QUAND TU SERAIS RÉVEILLÉ.

De quoi veut-il me parler ? J'ai des choses plus importantes à faire, comme montrer à Zed qui est vraiment le boss ici. Je regarde de nouveau en direction de Tessa et remarque que Zed l'a rejoint.

Évidemment, ce taré est à ses côtés dès que j'ai le dos tourné.

Tessa est toujours en train de boire ; elle ne devrait pas boire autant. Elle va se sentir comme une merde demain. C'est bien entendu le plan de Zed pour l'avoir. J'entends une voix :

– Regarde comme ils sont mignons.

En jetant un œil derrière mon épaule, je découvre Steph près de moi, un verre de vin à la main. Ses cheveux rouges en bataille retombent sur son visage.

Je reporte mon attention sur Zed et Tessa, cette fois en analysant sa manière de le regarder droit dans les yeux. Elle a l'air à l'aise ; ses épaules sont détendues et son regard est doux. Quand elle est avec moi, ça n'a rien à voir. Elle ne connaît pas plus Zed qu'elle ne me connaît, moi, alors pourquoi cette différence ? Est-ce parce que, contrairement à moi, il se tient contre le comptoir, son attention uniquement fixée sur ses yeux. Lui ne se laisse pas distraire par son décolleté. Il se rapproche d'elle et elle lui sourit. Il semblerait qu'il ait le rôle du bon et moi du méchant.

Merde, il est meilleur que ce que je pensais.

Tessa regarde vers la porte, et Steph bondit en arrière en me tirant par le bras. Je la repousse.

Ses yeux sont injectés de sang. Ses minuscules pupilles noires semblent noyées dans un océan rouge.

– Ne lui dis pas que je suis là. J'en peux plus de jouer les baby-sitters.

Steph a un soupir agacé, elle n'essaie même pas de la jouer cool en l'absence de Tessa. Une vraie salope.

Une blonde bourrée dans une robe hyper moulante passe à côté de moi et me fait un clin d'œil. Je me souviens d'elle. Enfin... je crois ?

– Je te rappelle que c'est toi qui l'as amenée ici.

Je chuchote ça à Steph, mais tout ça ne m'intéresse pas du tout. Je ne sais même pas pourquoi j'ai lancé ce sujet, en fait.

– Et alors ? J'ai eu ma dose d'elle pour ce soir, et vous deux, vous êtes censés vous amuser avec elle, tu te souviens ?

Elle hausse les épaules et s'éloigne de moi.

Bon...

– Tu vas perdre si tu restes là, à leur tourner autour comme un taré !

Steph crie en se dirigeant vers la porte d'entrée, la main dans la main du mec étrange dont elle se plaignait il y a à peine une semaine.

Je vais perdre ?

N'importe quoi. Aucune chance.

Mais je ne vais pas non plus rester debout, là, dans le hall, comme un putain de pervers.

Je retourne dans le salon et trouve une place sur le canapé. J'attendrai qu'elle vienne à moi. Elle va finir par se lasser de Zed et de ses conversations débiles sur la science, les plantes, la sauvegarde de la planète fleur par fleur et toutes ces conneries. Il y croit sans doute, mais avec ce genre de mec, tu ne peux jamais être vraiment sûr de quoi que ce soit.

Plus vraisemblablement, il doit savoir, même inconsciemment, que seules les plantes peuvent le supporter.

Comme je m'y attendais, Tessa apparaît dans le salon, Zed collé à elle, tel un putain de clébard abandonné. Elle ne remarque même pas que je suis dans la pièce lorsqu'elle s'assied sur le sol avec ma bande, juste à quelques mètres de moi.

Je sens une pression sur mon bras et me retourne juste au moment où la blonde de tout à l'heure passe son bras autour de mon ventre et se serre contre moi.

– Hardinnnn... C'est cool de te voir. Ça serait encore mieux de te sentir...

Elle est tellement bourrée que je ne sais pas si elle essaie de me chauffer ou d'empêcher la pièce de tourner.

Je la repousse un peu et tente de me dégager. Mais l'alcool l'a transformée en redoutable sangsue et elle s'agrippe de nouveau à moi. Finalement, je me décale vers l'un des « membres » de la fraternité dont le nom m'échappe tout le temps et fais passer le bras de la fille autour de son épaule. Le reste de son corps suit tout naturellement et elle peine à articuler :

– S...Steeeeve, ça faisait longtemps...

J'en profite pour m'éclipser, et à chaque pas sur le tapis dégueulasse, mon exaspération monte d'un cran.

– Est-ce qu'il y a des bus toute la nuit ?

Tessa a clairement dépassé ses limites et elle est complètement soûle maintenant. Sa voix est pâteuse. J'observe ses lèvres. Celle du bas ressort plus que celle du haut. Elle parle lentement et arrive à peine à articuler correctement.

Je refuse de l'écouter davantage et retourne dans la cuisine. C'est pas mon problème – bourrée ou pas, je n'ai aucune raison de m'inquiéter pour elle. Moins de dix secondes plus tard, je fais demi-tour et retourne dans le salon. Mes pieds s'arrêtent devant Tessa assise sur le sol.

Quand elle me voit, cette pimbêche lève les yeux au ciel. On dirait qu'elle passe son temps à faire ça.

Pas à Zed, en tout cas. Jamais à Zed.

– Zed et toi alors ?

Je lève un sourcil et elle titube en se mettant debout. Combien de verres a-t-elle bus ? Impossible à dire. Ses yeux sont translucides quand ils croisent les miens.

Je l'attrape par le bras juste au moment où elle veut passer.

– Laisse-moi tranquille, Hardin !

Ses bras s'agitent dans les airs, et j'essaie de ne pas rire devant son cinéma. Ses yeux parcourent frénétiquement la pièce, comme si elle cherchait quelque chose à me lancer à la figure.

– J'essaie seulement de me renseigner sur les horraires de bus !

Elle me bouscule en passant. Son épaule percute la mienne, et j'attrape doucement son bras pour la calmer.

– Oublie... Il est trois heures du matin. Il n'y a plus de bus.

Je lâche son bras et l'observe prendre conscience de la situation.

– Voilà ce que c'est d'être alcoolo, tu es bloquée ici, encore une fois.

L'ironie de la situation est incontestable. Elle fait tout son possible pour ne pas se retrouver dans cette situation – pourtant elle est ici, une fois de plus, coincée pour la nuit.

Elle me regarde fixement, les yeux écarquillés et la bouche boudeuse. J'en profite pour en rajouter une couche et toucher davantage son ego déjà meurtri.

– À moins que tu ne veuilles rentrer avec Zed...

Je fais un signe de tête vers le salon, elle me fusille du regard, puis tourne les talons sans dire un mot.

À quoi sert toute cette mascarade ? Moi en train de la suivre partout pour la provoquer ? À rien. C'est une perte de temps, vraiment. Elle a l'air de maîtriser ce jeu aussi bien que moi.

De retour dans ma chambre, j'attrape un livre sur l'étagère, retire mon t-shirt, le jette sur le sol puis ajoute mon jean au tas en désordre. J'ouvre le roman sur une page au hasard et commence à lire :

> *Que pouvaient contre sa sotte crédulité la colère et les protestations ? Nous nous quittâmes ce soir-là fâchées ; mais le jour suivant me vit sur la route des Hauts de Hurlevent au côté du poney de mon entêtée jeune maîtresse. Je n'avais pas pu supporter d'être témoin de son*

chagrin, de sa pâleur, de son abattement, de ses yeux gonflés ; et j'avais cédé, avec le faible espoir que Linton lui-même pourrait donner, par la manière dont il nous recevrait, la preuve du peu de fondement qu'avait en réalité le conte fait par son père[1].

Une Catherine blonde était assise au bord de la lande, ses cheveux maintenus en arrière par un ruban aussi rouge que le sang qui coulait dans ses veines. Elle ne pensait à rien ; elle était perdue. Elle se tourna vers lui, sa voix résonnant dans l'air qui les séparait.

– Hardin ?

La voix de Catherine est forte, si forte qu'elle m'arrache à mon sommeil. Suis-je en train de rêver ?

– Hardin ! Hardin, je t'en prie, ouvre la porte !

Je bondis de mon lit, désorienté et paniqué, tandis que la poignée de ma porte s'agite. Des poings cognent contre la porte. La voix crie de nouveau :

– Hardin !

Serait-ce... ?

Je déverrouille la porte et l'ouvre brusquement. Tessa se tient debout, là, le visage déformé par la peur et les yeux hagards. Mes poils se hérissent, et je me mets immédiatement en mode défense.

1. *Les Hauts de Hurlevent*, Emily Brontë, traduction de Frédéric Delebecque, chapitre 22.

– Tess ?

Je plisse les yeux pour y voir plus clair et tente de chasser le rêve pour me concentrer sur ce qui est en train de se passer.

– Hardin, je t'en prie, je peux entrer ? Il y a un mec...

Tessa regarde le couloir derrière elle et je sors pour voir ce qui lui fait peur.

Neil se dirige vers nous, les yeux injectés de sang et le t-shirt taché. Il est répugnant. Je réalise à quel point il est bourré au moment où il trébuche dans le couloir.

Pourquoi le fuit-elle ? Est-ce qu'il a...

Les yeux de Neil rencontrent les miens et il s'arrête net. S'il tient à sa peau, il va se barrer. Sinon, Tessa et tous ces gens dans le couloir qui ne semblent pas vouloir l'aider vont avoir droit à un spectacle.

J'inspecte rapidement son corps pour m'assurer qu'il ne lui a rien fait qui fasse que je cache son cadavre quand la police arrivera.

– Tu le connais ?

Sa voix est brisée. Je sens mes mains trembler.

– Ouais. Rentre.

Je l'entraîne dans ma chambre et m'assieds sur le lit. Ses yeux gris m'observent intensément et je frotte les miens de nouveau.

– Tu vas bien ?

Elle a l'air d'aller bien – nerveuse, peut-être, mais elle ne pleure pas. C'est bon signe... Enfin, je crois ?

– Ouais... Oui. Je suis désolée de t'avoir réveillé. C'est juste que je ne savais pas...

Tessa prononce ces mots à toute vitesse, chancelante. Elle est en train de s'excuser de m'avoir réveillé ?

Je passe la main dans mes cheveux et les dégage de mon front.

– T'inquiète pas.

Je remarque que ses mains tremblent, comme les miennes, et je lui pose la question qui me trotte dans la tête depuis que j'ai ouvert la porte.

– Il ne t'a pas touchée ?

Des idées de meurtre me traversent l'esprit. Personne ne regrettera Neil, ça c'est sûr.

– Non, commence-t-elle, puis elle hésite. Mais il a essayé. J'ai été assez stupide pour m'enfermer dans une chambre avec un inconnu qui avait trop bu, donc j'imagine que c'est de ma faute.

Sa faute ? *Bordel de merde ?*

– Ce n'est pas de ta faute s'il a fait ça. Tu n'as pas l'habitude de ce genre de mec ou de... situation.

J'essaie de garder une voix calme pour ne pas l'effrayer encore plus. J'ai vu ça arriver à plein de filles dans ma vie. De ma propre mère aux filles bourrées dans les soirées. J'ai sauvé de Neil le petit cul bourré de Molly l'année dernière. Je pensais qu'il retiendrait la leçon après que je lui avais pété le nez et déboîté l'épaule. Apparemment non. Il aurait bien besoin que je lui rafraîchisse la mémoire. Logan m'épaulera, comme la dernière fois.

Tessa se dirige vers moi alors que je tapote la place vide près de moi sur le lit. Elle s'assied et croise ses mains sur ses genoux. Son air vulnérable me fait soudain prendre conscience que je ne porte rien d'autre que mon boxer noir. J'aimerais enfiler un truc, mais je ne veux pas attirer son attention là-dessus. Et je ne veux pas la mettre encore plus mal à l'aise, elle est venue ici pour y trouver refuge, pour avoir la paix.

– Je n'ai pas l'intention de m'y habituer. C'est vraiment la dernière fois que je viens ici et que je vais à une fête, quelle qu'elle soit d'ailleurs. Je ne sais même pas pourquoi je suis là. Et ce type... il était juste tellement...

Elle frissonne et des larmes commencent à couler sur ses joues.

– Ne pleure pas, Tess.

En murmurant, je lève la main vers son visage. Mon pouce recueille les larmes qui coulent sur ses joues. Elle renifle. C'est si innocent et vulnérable à la fois que j'essaie de détourner le regard, mais je ne peux pas. Je lui confie :

– Je n'avais pas remarqué que tu as les yeux si gris.

Jusqu'à présent, hormis sa poitrine et sa manière de réagir à mes provocations, je n'avais pas fait attention au reste. J'étais trop préoccupé, trop superficiel.

Mais rapidement, je stoppe ma réflexion. Non, je suis un menteur. J'avais remarqué le moindre petit détail sur cette fille dès l'instant où je l'ai vue.

Ma main est toujours posée sur son visage et elle continue de me fixer, ses lèvres charnues entrouvertes. J'attrape mon piercing entre les dents et aspire la moitié de ma lèvre inférieure comme je le fais toujours. Ses yeux sont rivés sur ma bouche, et juste au moment où je retire ma main, elle se rapproche de moi et écrase ses lèvres contre les miennes.

J'ai le souffle coupé, complètement pris de court. Que fait-elle ? Et moi, qu'est-ce que je fous ?

Mais je n'arrête pas. Je ne peux pas arrêter. Je caresse ses lèvres douces avec ma langue. J'aspire son souffle court en prenant son visage entre mes mains. Elle s'introduit dans ma bouche, comme si elle était soulagée de m'embrasser. Sa peau est brûlante, sa bouche est douce et nerveuse à la fois. Je pose mes mains sur ses hanches.

Quand je sens le goût de vodka sur sa langue, je recule et dis dans un souffle :

– Tess.

Elle soupire, et je plonge ma langue entre ses lèvres, les écartant de nouveau. Haletant, j'essaie de récupérer mes esprits. Comment en sommes-nous arrivés là ?

Je me sens cool, à l'opposé du feu qui me brûle. C'est agréable, comme une compensation à cette brûlure constante. Jusque-là, je n'avais jamais ressenti cette sensation de calme ; ça doit être dangereux.

Mon esprit perd tout contrôle ; la sensation de sa bouche sur la mienne a pris le pas sur mes sens. Je l'attire contre moi, agrippe plus fort ses hanches et m'allonge sur le lit. Elle grimpe sur mon torse et pose ses mains sur ma poitrine. Sa langue joue avec la mienne sans jamais se décoller de ma bouche. Elle sait y faire. Putain, elle sait vraiment y faire.

Ses cheveux retombent sur ma peau, et je détache mes lèvres des siennes. Le gémissement que font ses lèvres à ce moment-là me fait bander instantanément. Elle a envie de moi. Ses mains bougent de haut en bas sur ma poitrine maintenant, testant ses limites, je le vois.

Je n'irai pas plus loin. Pas ce soir. Elle a bu, et ce n'est pas mon truc. J'ai envie d'elle, putain, j'ai envie de la baiser encore et encore. Je veux la toucher, toucher tout son corps. Mais pas ce soir. Elle est vierge, mais jusqu'où est-elle allée avec son copain ? Est-ce qu'il l'a déjà tenue ainsi, sur lui, alors qu'il ne portait qu'un caleçon, alors qu'elle balançait ses hanches contre les siennes, l'allumant comme ça ? Son comportement est-il aussi osé avec lui, elle paraît si guindée et si prude vue de l'extérieur ?

Est-ce qu'il a caressé avec sa langue la peau douce de son cou ? À sa manière de frissonner au contact de ma langue sur sa peau, je dirais que non. Elle gémit. Je l'attrape par les cheveux tout en l'embrassant dans le cou. Ma bouche descend plus bas et je mordille doucement son épaule. Elle gémit encore, prononçant mon nom dans un souffle.

J'attire sa bouche contre la mienne tandis qu'elle continue de bouger contre moi. Je sais qu'elle sent mon excitation et mon envie d'elle. Elle susurre :

– Hardin... arrête.

Sa langue continue de bouger doucement dans ma bouche. Elle répète mon nom. Je recule et la regarde. Ses lèvres sont gonflées et rouges, ses yeux sauvages.

– On ne peut pas faire ça.

Ses doigts quittent ma peau, et le feu étouffé se transforme en glace. Je savais que ça ne durerait pas ; c'était juste... dans le feu de l'action, quelque chose comme ça. Un moment que j'aimerais prolonger le plus possible, mais chaque chose a une fin. Je m'appuie sur les coudes et elle bascule de l'autre côté du lit.

– Je suis désolée. Désolée.

Sa voix est basse et rauque. Elle n'est certainement pas désolée. Je peux le voir à sa respiration profonde et à la façon qu'ont ses yeux de ne pouvoir se détacher de ma bouche.

En la regardant, je repense à ce livre où des femmes dans une ville font le serment d'arrêter de s'excuser dans leur vie quotidienne. C'était plutôt intéressant de voir que 90% des *désolé* prononcés l'étaient pour des situations dont elles n'étaient pas responsables. Tessa pourrait parfaitement vivre dans cette ville.

– De quoi ?

Je lui demande ça aussi calmement que possible et me lève vers ma commode bordélique pleine de t-shirts noirs. Alors que j'en enfile un, je la vois me scruter du regard, jusqu'à mon boxer. Elle rougit.

– De t'avoir embrassé.

Pourquoi s'excuserait-elle de m'avoir embrassé ? Si elle ne veut rien faire avec moi, je ne vais pas la forcer, mais je ne lui ai envoyé aucun signe que je ne souhaitais pas la même chose.

– C'était rien qu'un baiser. C'est pas la peine d'en faire un plat.

Je garde exprès un ton neutre. Je ne veux pas la mettre plus mal à l'aise. Elle regrette déjà, prête à déguerpir d'un instant à l'autre. Je le sais, mais si elle le fait, je devrai lui courir après. Je ne peux pas me retirer si tôt du jeu alors que j'ai progressé. J'ai eu ses mains sur moi, j'ai goûté sa langue. J'ai réussi à l'exciter et à ce qu'elle en veuille plus. J'ai l'avantage sur Zed maintenant, et je ne peux pas la laisser filer. Elle va en faire toute une histoire. Si je la rassure, il y a des chances pour qu'elle me fasse confiance et que cette confiance la mène à me donner une autre chance d'aller plus loin la prochaine fois.

Elle regarde le sol. Encore. A-t-elle déjà tant de remords qu'elle n'ose même plus me regarder ? Je n'aime pas cette sensation.

Elle ne peut pas déjà le regretter ; si elle ne dépasse pas ça, je suis niqué et Zed va gagner. Elle demande :

– Dans ce cas, on va dire qu'il ne s'est rien passé, d'accord ?

– Sois tranquille, moi non plus je ne tiens pas à ce que ça se sache. C'est bon maintenant, arrête de parler de ça.

À mes mots elle grimace, et je souhaite ne pas les avoir prononcés. Je suis vraiment nul pour ces trucs.

– À ce que je vois, tu es redevenu toi-même !

Son regard est aiguisé maintenant, prêt à m'affronter. J'ai envie de lui répondre sèchement, mais je ne le fais pas.

Elle ne sait rien du tout de moi. Ça m'énerve qu'elle puisse imaginer qu'après quelques échanges avec moi, elle est une sorte de putain d'experte ès Hardin Scott. Elle croit qu'elle est bien meilleure que moi, et elle est terrifiée à l'idée que des gens puissent apprendre qu'elle m'a embrassé parce que... eh bien, parce que c'est moi et qu'elle est Mademoiselle Parfaite. Je ne peux pas garder le silence.

– Je n'ai jamais été quelqu'un d'autre. Ne va pas t'imaginer des choses parce que je t'ai embrassée, contre ma volonté au départ.

Je sens mes mots l'atteindre comme une gifle. Elle se met debout, la rage embrase ses grands yeux. Une Jeanne d'Arc des temps modernes, prête à *me* brûler vif sur le bûcher.

– Tu pouvais m'arrêter.

Je sens qu'elle fulmine. Ses mains se contractent et ses poings sont si serrés qu'elle doit les sentir en feu.

Ma bouche s'active avant même que j'aie le temps de réfléchir.

– Facile à dire !

Tessa souffle et enfouit sa tête dans ses mains. Je regarde ailleurs. Elle est tellement sensible, et ce n'est pas le plus étrange. Le fait d'être sensible est plutôt normal, je suppose, mais elle est juste si réceptive. Je ne suis pas l'un de ses amis ni sa famille, or voilà qu'elle projette ses émotions comme si je la connaissais depuis toujours. Elle n'a pas peur de me montrer ce qu'elle ressent ; elle ne semble pas dérangée par le fait d'être mise à nue de la sorte.

Theresa Young est un tel mystère pour moi, ahurissant. Elle est si spontanée et fragile, tout en étant réservée et solide comme un roc. Je n'arrive pas à la cerner, c'est vraiment étrange. La facilité avec laquelle elle me permet de la voir ainsi est sans doute attachante, mais c'est quand même étrange. Je propose calmement :

– Tu peux rester ici cette nuit puisque tu n'as nulle part où aller.

Tessa secoue la tête, les mains sur ses hanches rondes, et elle me fusille du regard. J'ai envie de lui dire que peut-être je suis désolé d'être dur envers elle, que peut-être parfois je dis de la merde que je ne devrais pas, mais pourquoi utiliser de l'énergie avec une inconnue ? Elle ne me connaît pas et ne me connaîtra jamais.

– Non ! Merci.

Quand elle disparaît au bout du couloir, je saisis le cadre de la porte et lui souhaite silencieusement une bonne nuit, sachant que pour moi ça ne sera pas le cas.

– Tessa.

Je murmure son nom, pas vraiment certain de vouloir qu'elle entende.

10

Depuis le tout début, il avait toujours été borné. Elle actionna des ressorts qu'il ne se connaissait même pas et lui fit voir le monde sous un autre jour. Il ne s'était jamais attendu à ce que quelque chose ressorte de ce petit jeu, et il ne comprit jamais à quel point chaque regard d'elle et chaque sourire le transformaient. Dès le départ, il joua un rôle de protecteur vis-à-vis d'elle, sauf qu'il ne se rendit pas compte que son rôle devenait contrôle. Il essaya de lutter contre ça, mais il n'était pas assez fort. Jusqu'à ce qu'il soit trop tard.

Ça fait maintenant vingt minutes qu'elle est partie en colère et je ne la trouve nulle part. Pourquoi ne peut-elle pas tout simplement être comme Molly ou toutes ces autres filles avec qui j'ai couché et revenir en courant ? D'où sort-elle cette détermination ?

La connaissant – du moins d'après le peu de choses que je sais sur cette fille – elle va démolir chaque idée reçue que j'avais à propos des filles en général.

Putain, génial. Ça risque d'être drôle.

Logan entre dans la cuisine, une bouteille de vodka dans les mains.

– Elle est partie, mec.

Partie ? Elle n'aurait pas vraiment fait ça. Elle ne sait même pas comment retourner au campus et son vieux portable ne lui sera d'aucune aide si elle se perd.

– Impossible.

Je secoue la tête et saisis un gobelet vide. Quand je tourne le robinet, Nate m'observe, un sourcil arqué et un petit sourire débile sur le visage. Je lui demande en faisant couler l'eau :

– C'est quoi ton problème, enfoiré ?

– Rien, mec.

Il rigole et échange un regard bizarre avec Logan. Mes mains s'agitent entre eux deux

– J'ai loupé un épisode ?

– Non.

Logan pose sa main sur mon épaule. Je m'écarte.

– Pourquoi tu la cherches exactement ?

– À ton avis ?

Je lui réponds rapidement, n'ayant pas encore décidé si je dois leur mentir ou me servir du pari. Oui, je suis toujours à fond dans le jeu, mais à ce moment précis, je veux juste savoir où elle est.

Nate donne un petit coup de coude à Logan, comme mes camarades et moi avions l'habitude de faire à l'école primaire.

– Bien sûr. Ben, elle est partie en tout cas. Je l'ai vue sortir de la maison.

– Et tu l'as laissée faire ?

– Laissée faire ? Qu'est-ce que ça peut me foutre si elle sort et se barre ? Je pensais que tu t'en foutrais... Enfin je croyais.

Les yeux de Nate croisent ceux de Logan.

– Où est Zed ?

J'espère que cette question leur fera croire que le fait qu'il puisse avoir une longueur d'avance sur moi est la seule chose qui me préoccupe.

Tous deux secouent la tête et haussent les épaules, puis reviennent à leurs conneries comme s'ils n'en avaient déjà plus rien à foutre.

Je m'éloigne d'eux, les poings serrés. Elle a peut-être appelé un ami pour venir la chercher ? Mais cette fille a-t-elle seulement des amis ? C'est le genre de fille hautaine avec qui personne ne souhaite être ami. Comme moi, dans un sens. Excepté le fait qu'elle est un peu plus aimable que moi. Juste un peu.

Elle ne peut quand même pas être assez stupide pour faire cinq kilomètres à pied jusqu'à sa chambre

Assez stupide ? Non.

Assez têtue ? Putain, oui !

J'inspecte une fois de plus le couloir à l'étage, histoire d'être bien sûr qu'elle n'est plus dans la maison. Ma chambre est vide ; j'espérais qu'elle aurait fait l'emmerdeuse en s'introduisant à nouveau dans ma chambre. J'avais espoir de la trouver assise sur mon lit, un de mes livres à la main.

Mais non, évidemment. Il a fallu qu'elle soit incroyablement bornée et qu'elle sorte de la maison. Seule.

Bordel de merde, elle est en train de marcher toute seule dans les rues.

Quel genre de... Putain, ce qu'elle m'énerve ! On n'aurait pas pu choisir une fille plus compliquée pour le pari ! Franchement.

– Nate !

Je crie son nom par-dessus la musique tout en me ruant dans les escaliers.

– Quoi ? T'es pressé ?

Il me gratifie d'un petit sourire. Je ralentis en atterrissant en bas des marches. Je dégage mes cheveux de mon front.

– Nan, j'ai juste... Je cherche juste la petite brune. Celle avec un débardeur noir et des nichons énormes.

Je porte mes mains devant ma poitrine et mime le corps de cette fille imaginaire.

Nate baisse les yeux et sourit. Je peux pratiquement voir les mots tatoués à l'intérieur de sa lèvre inférieure quand il me répond.

– Oh, je vois.

Il adresse un clin d'œil à Logan qui se marre.

– Ok, eh bien, je vais aller la chercher...

Je me détourne rapidement d'eux. J'entends leurs petits commérages de merde s'évanouir dans les airs tandis que je m'éloigne. Je quitte la maison sans me retourner et monte dans ma voiture. Les rues sont vides. Complètement vides. Et elle n'est nulle part.

Après plusieurs tours de quartier, je décide de me rendre directement aux dortoirs. Elle doit y être maintenant. C'est sûr.

Quand j'arrive là-bas, je me rends compte que je suis dehors depuis deux bonnes heures maintenant. Une fois devant sa chambre, j'ouvre la porte sans hésiter et tombe sur Steph et Tristan allongés sur le lit. Elle a retiré son t-shirt et ses mains parcourent son torse nu. Elle décolle sa bouche de la sienne et se redresse.

– Je peux t'aider ?

Steph passe sa langue sur ses lèvres, étalant les dernières traces de rouge à lèvres sur sa bouche.

– Où est Tessa ?

Tristan récupère son t-shirt, mais Steph le lui arrache des mains et le balance sur le sol. J'insiste :

– Alors ?

– Pas ici. On l'a croisée sur la route.

Steph colle sa bouche dans le cou de Tristan, et j'ai un haut-le-cœur.

– Croisée ? Vous l'avez vue en train de marcher et vous ne l'avez pas prise avec vous ?

Excédé, je me penche pour ramasser le t-shirt de Tristan et le lui jette dessus, recouvrant leurs deux visages à la fois. Tristan s'écarte du lit et je recule vers la porte.

– Steph m'a dit de ne pas m'arrêter.

Tristan me parle en se rhabillant. Je me tourne vers elle.

– C'est quoi ce bordel ?

– Elle va bien. Ça ne peut pas lui faire de mal de marcher un peu.

Steph ricane, mais Tristan la bouscule et lui adresse un regard réprobateur.

– Hé !

Steph lève les yeux au ciel.

– Rhabillez-vous, tous les deux, et dégagez ! Elle ne devrait plus tarder.

– C'est ma chambre ! Je ne bougerai pas.

– Allez !

Je cherche une bonne raison pour la faire partir. J'ai besoin de rester seul avec elle.

– Pour quoi faire ? La baiser ?

Elle rigole.

– J'y travaille, ouais.

– Allez viens. Nate ne sera sûrement pas chez moi.

Tristan passe les cheveux de Steph derrière ses oreilles. Elle sourit et acquiesce en secouant la tête.

Une fois seul dans la chambre, je m'assieds sur le lit de Tessa. Et alors que je me demande si, par curiosité, je fouille dans ses affaires ou non, la porte s'ouvre. La voilà debout, dans l'entrée, se tenant comme si elle avait pris de la hauteur, les poings serrés. Ses yeux sont dilatés ; elle semble sur le point d'exploser, mais avec un énervement prudemment retenu. Je lui souris et elle fond en larmes.

– J'y crois pas ! C'est une plaisanterie ?

Sa voix est forte et stridente et elle agite ses mains dans les airs. Je lui demande calmement, d'un ton à l'opposé de son énervement :

– Où étais-tu ? Ça fait deux plombes que je tourne en voiture à ta recherche.

– Quoi ? De quoi parles-tu ?

Son expression est un mélange d'exaspération et de confusion. Ses joues sont rosies par l'air frais et ses cheveux emmêlés par le vent ne ressemblent plus à ses habituelles boucles étudiées.

Je lutte pour trouver une explication plausible, mais une seule chose me vient à l'esprit.

– Je pense simplement que ce n'est pas une bonne idée de se balader toute seule la nuit.

Elle pique un fou rire. Elle hurle de rire, voilà sa réaction. Qu'est-ce qui ne tourne pas rond chez elle ? Son rire est hystérique, rien à voir avec son sourire contrôlé et ses petits rires crispés habituels. Elle a l'air à moitié folle.

– Barre-toi, Hardin... S'il te plaît, barre-toi !

Son rire s'amplifie.

– Theresa, je...

Des coups sur la porte m'interrompent. La voix d'une femme se fait entendre :

– Theresa ! Theresa Young, ouvre cette porte immédiatement !

– Oh mon Dieu, Hardin, cache-toi dans le placard.

Tessa chuchote en m'attrapant par le bras et en me faisant descendre du lit.

– Ça va pas ? Il est *hors de question* que je me cache dans un placard. Tu as *dix-huit ans* tout de même !

Tessa se rue vers le miroir, inspecte méticuleusement son visage et recoiffe ses cheveux emmêlés.

Puis elle se précipite à l'autre bout de sa chambre avec un tube de dentifrice dans la main, presse une bonne dose et en étale sur sa langue. J'ai l'impression de voir une ado qui vient de se faire surprendre par sa mère en train de faire le mur. Au moment d'ouvrir la porte, elle est paniquée. Quand elle tourne la poignée, sa main tremble.

– Hé ! Qu'est-ce que vous faites là tous les deux ?

Tessa questionne sa mère qui entre dans la pièce. Sa mère inspecte la chambre un bref instant, puis une autre personne nous rejoint.

C'est le mec de la dernière fois. Noah.

La mère de Tessa se dirige droit vers moi, mais je suis bien trop concentré sur le mec. Le petit copain de Tessa. L'infâme Noah. Ses cheveux blonds sont légèrement plus clairs que ceux de Tessa, et son cardigan tout lisse est noué autour de son pantalon kaki soigneusement repassé. C'est dingue qu'à une heure aussi matinale, ce mec soit aussi pimpant. On dirait une poupée Ken toute neuve, encore emballée dans son paquet.

Mais pourquoi est-il là ? Sérieusement ?

A-t-il appelé sa maman en se prenant pour un « flic de la morale » ?

Sa mère prend une grande inspiration et évacue toute sa colère :

– Alors, c'est pour ça que tu ne réponds pas au téléphone ? Parce que ce... ce... – elle agite ses mains de la même manière que sa fille – ce *voyou* tatoué est dans ta chambre à six heures du matin !

Voyou tatoué ? C'est quoi le problème de cette femme avec ses insultes d'école maternelle ?

Les épaules de Tessa se crispent, et je vois son dos se raidir, prête à affronter un autre round.

Eh bien au moins, je sais d'où Tessa tient ses jugements pourris. Et aussi de qui elle tient sa silhouette, ses courbes et son tempérament. Ses yeux lancent des éclairs, mais la femme ne semble pas remarquer que les ongles de sa fille s'enfoncent de plus en plus profondément dans ses paumes. Ni à quel point la peau de son cou est devenue rose. Elle semble ne rien remarquer du tout. Tout comme Monsieur Beaugosse.

Ça m'énerve... que Tessa soit réprimandée parce qu'elle se comporte comme n'importe quelle étudiante normale à l'université. Le pire, c'est qu'elle est bien plus sage que la plupart des gens que je connais. Sa mère devrait être fière d'elle, pourtant elle fulmine.

– Alors c'est ça que tu fais à l'université, jeune fille ? Tu restes debout toute la nuit et tu ramènes des garçons dans ta chambre ? Ce pauvre Noah se fait un sang d'encre à cause de toi, et nous faisons tout ce trajet en voiture pour quoi ? Pour te trouver en train de te dévergonder avec un inconnu ?

Inconnu ? Cette façon qu'a Noah de reculer doucement vers la porte, l'air de rien, tandis que la femme hurle de plus belle... On dirait qu'on lui a encore plus lavé le cerveau que cette chère Tessa.

Je ne peux pas m'en empêcher ; je prends la parole avant même que Tessa n'ait le temps de répondre.

– En fait, je viens d'arriver. Et elle ne faisait rien de mal.

Tessa me regarde interdite, comme si j'étais malade de tenir tête à sa mère qui, de son côté, semble ne pas en revenir non plus. Leurs airs perplexes me font rire intérieurement ; ces gens n'ont aucune idée de quoi je suis capable.

– Pardon ? Je ne vous ai pas adressé la parole. Je me demande même ce que quelqu'un comme vous fait là, à traîner autour de ma fille.

Le pauvre type reste silencieux, dans son coin. Évidemment.

– Maman !

Tessa essaie de paraître aussi menaçante que possible. Elle me regarde brièvement, ses yeux sont plus durs que d'habitude. Je ne sais pas si la fureur qui émane d'elle est due à la gêne ou à la colère.

Sa mère ne se laisse pas intimider pour autant et siffle :

– Theresa, tu ne te contrôles plus. Tu empestes l'alcool, et je ne serais pas surprise que tu subisses l'influence de ta charmante colocataire, et *la sienne.*

Elle me fixe droit dans les yeux. En *pointant un doigt accusateur* vers moi.

Si elle me connaissait, elle rangerait immédiatement ce doigt. Tessa intervient mais semble abattue et épuisée :

– J'ai dix-huit ans, Maman. C'est la première fois que je bois et je n'ai rien fait de mal. Je ne fais que ce que font tous les étudiants. Je suis désolée pour le téléphone, je n'avais plus de batterie. Et je suis désolée que vous ayez fait tout ce trajet, mais, rassurez-vous, tout va bien.

Et elle se laisse tomber sur une chaise. Je n'aime pas leur façon de la mettre mal à l'aise. Je ne la reconnais pas quand elle s'assied, attendant timidement la prochaine rafale de la connasse.

Je ne bouge pas. Même quand les yeux foudroyants de cette femme se posent de nouveau sur moi.

– Jeune homme, pourriez-vous nous laisser un instant ?

Elle ne me pose pas vraiment la question. Et son « jeune homme » a l'air poli comme ça, mais soyons clairs, elle essaie juste de faire un truc de garce. Elle me méprise totalement mais tout en restant convenable. J'ai grandi à côté d'enfants riches ; je connais ce truc.

Je regarde Tessa pour m'assurer qu'elle comprenne que je ne partirai pas, à moins qu'elle ne soit d'accord pour rester seule avec sa mère et son copain. Elle secoue la tête, mais je peux lire de la confusion dans ses yeux gris.

Je sors, comme il me l'a été demandé, la poitrine en feu.

11

Quand il commença à la voir dans ses rêves, cela le terrifia. Elle s'insinuait peu à peu dans son être tout entier, prenant chaque parcelle de son corps, puis s'enfuyant avec. Penser aux choses qu'elle pourrait lui faire, une fois glissée dans son subconscient, le terrorisait. Il ne le souhaitait pas, mais n'avait pas la force de lutter. Il s'était toujours considéré comme quelqu'un de fort, qui contrôlait tout. Jusqu'à ce qu'elle arrive et gagne la bataille.

• ——— •

J'attends avec impatience que la porte de la chambre de Tessa s'ouvre et que sa mère, escortée de son larbin, s'en aille. Plus les minutes passent et plus je me pose de questions sur ma santé mentale.

Pourquoi suis-je en train de l'attendre ? Que vais-je bien pouvoir lui dire quand ses visiteurs seront partis ?

Voudra-t-elle au moins me parler? Peut-être que oui, si je m'excuse de l'avoir laissée m'embrasser. Cela résoudrait sûrement tous les problèmes.

Finalement, la porte s'ouvre. Sa mère sort et jette un regard sévère dans ma direction, alors que je me tiens adossé contre la porte voisine. Sur ses talons arrive Tessa, sa main confortablement lovée dans celle de Noah.

Je me redresse. Je ne sais pas quoi dire, mais j'ai besoin d'intervenir, de faire *quelque chose.*

– Nous allons faire un tour en ville.

Que puis-je faire d'autre sinon acquiescer à ce que dit Tessa et les laisser partir ?

Je ne peux détourner mon regard de la main de Tessa dans celle de son petit ami. Elle rougit et s'éloigne tandis que sa mère m'envoie le sourire le plus hypocrite du monde.

J'entends Monsieur Beaugosse dire à Tessa :

– Vraiment, je n'aime pas du tout ce type.

– Moi non plus, répond-elle doucement.

Tant mieux. Car moi non plus je ne l'aime pas vraiment.

ARRIVÉ DANS MA VOITURE, mon portable vibre dans le porte-gobelet. Je l'attrape, vois le nom de Molly s'afficher et réponds. Elle ne prononce que trois mots – envie de toi – et raccroche.

Cinq minutes plus tard, j'entre dans l'appartement de Molly sans frapper. Sa coloc, les yeux mi-clos sous une lourde couche de mascara, me fixe, de la fumée s'évade de sa bouche. Elle tire une autre taffe sur sa cigarette.

– Elle est dans sa chambre.

Molly est allongée sur son lit, la tête posée sur une pile d'oreillers, les jambes nues écartées. Sa chambre est petite. Le mur bleu ciel est couvert de photos de magazines de mode, principalement des photos en noir et blanc qu'elle a découpées et scotchées. Son lit est près du mur, à l'opposé de la porte, et sa chambre n'a pas de fenêtre. Je détesterais vivre emprisonné dans une chambre sans fenêtre. Pas étonnant qu'elle ne soit jamais là.

D'un geste, elle m'indique de la rejoindre sur le lit ; ses cheveux roses sont en désordre, ramenés sur le haut de sa tête en un chignon défait.

– Tiens, tiens, tiens, regardez qui est là.

Elle se moque de moi et je m'assieds près d'elle. Elle remonte sa jupe pour me dévoiler ses sous-vêtements noirs. Puis, avec ses mains, elle fait glisser ses bas le long de ses cuisses en faisant rouler les bords en dentelle.

– Je te rappelle que tu viens de m'appeler.

– Et tu es venu...

Ses mots murmurés sonnent d'un ton sarcastique et fier.

– Ne te fais pas trop de films. Je m'ennuyais et tu étais disponible.

Je hausse des épaules et la regarde. Ses sourcils se froncent, elle fait semblant d'être contrariée.

– C'est vrai.

Elle rigole et je secoue la tête devant son comportement effronté.

La main de Molly est froide quand elle m'attrape le bras pour m'attirer vers elle. Les cicatrices sur ses poignets ressortent à la lueur de sa lampe de chevet.

Ses lèvres se posent sur mon cou et j'essaie de ne pas penser à celles bien charnues de Tessa. Elle grimpe sur moi et ses mains atteignent les boutons de mon jean. Elle les fait sauter rapidement, puis baisse mon jean et mon boxer le long de mes jambes. Je me redresse pour l'aider à me déshabiller tout en essayant de me convaincre que j'en ai envie. C'est marrant. C'est le genre de choses que les gens comme moi aiment faire pour s'amuser. Les paumés comme Molly et moi. J'ai mes problèmes, elle a les siens – des problèmes qu'elle n'a heureusement pas tenté de me raconter. Des problèmes auxquels je ne m'intéresse pas assez pour envisager de lui poser la question. Je sais qu'on est pareils. Pas besoin d'en savoir plus.

Sa langue lèche et titille le bout de ma queue. Je n'aime pas que l'on me titille, alors j'attrape une bonne poignée de ses cheveux roses et la guide de manière à ce qu'elle prenne tout dans sa bouche. Elle s'étouffe et je relâche mon étreinte. Je sais qu'elle aime quand c'est brutal – en fait, plus brutal encore que je serai disposé à l'être avec elle, jamais.

Les cheveux de Tessa sont épais sous ma main. Je tire dessus en serrant plus fort. Sa bouche est si humide, si chaude. Sa langue s'enroule autour de moi plus agressivement que je n'aurais imaginé. Ses mains descendent doucement vers le bas de mes cuisses ; ses ongles sont plus longs que dans mes souvenirs. Elle gémit mon nom sur une note aiguë avant de me reprendre dans sa bouche. Un nouveau coup de langue m'attire entre ses lèvres.

– Putain, Tessa.

Au moment où je prononce ces mots, les lèvres pulpeuses de Tessa se dégonflent.

Molly se crispe instantanément et s'écarte de moi.

– Sérieux ?

– Hein ?

Je me racle la gorge. Elle lève les yeux au ciel.

– J'ai bien entendu...

– T'as rien entendu du tout, et même si c'était le cas, ne fait pas comme si tu ne m'avais jamais appelé Log...

– La ferme !

Elle agite frénétiquement la main.

– Tu veux que je termine ?

Et juste comme ça, son ton change et redevient coquin. Je réalise qu'elle me regarde avec une expression étrangement sympathique, comme si elle avait pitié de moi ou une connerie dans le genre.

Cette idée me fait péter un plomb. Elle est aussi seule et timbrée que moi... Pour qui se prend-elle pour avoir pitié de moi ?

– Non.

Je remonte mon jean. Elle a toujours ce regard quand je me lève et range mon portable dans ma poche. Ma colère n'a aucun intérêt pour elle.

– Je ne te raccompagne pas.

Elle se marre et redevient elle-même un instant.

– Sois prudent avec cette merde. Les filles comme elle ne font pas leur vie avec des tarés comme toi.

Elle me regarde encore plus tristement et me donne envie de gerber. Je sais qu'elle n'essaie même pas de m'insulter – elle est juste franche et honnête, mais je n'ai pas besoin de ses conseils.

Je ne veux pas « faire ma vie » avec Tessa. Je veux la baiser et gagner le pari. C'est tout.

Sans rien rajouter, je me barre et rentre chez moi.

12

Les martèlements à la porte ne s'arrêtent pas. L'homme qui se trouve derrière crie mon nom, et j'essaie de faire le moins de bruit en pénétrant dans le placard pour me cacher. Je referme doucement la porte et attends. Je me bouche les oreilles tandis que les coups se font plus forts. Sa voix hurle.

– Sors d'ici tout de suite !

Mon père est encore ivre ; comme il l'est tous les soirs maintenant.

Un dernier coup porté avec son poing fait rompre le bois de la porte, et ce craquement déclenche une décharge électrique le long de ma colonne vertébrale. Je déteste avoir peur de lui. Je ne devrais pas. J'ai douze ans et je suis plutôt grand pour mon âge. Je devrais être capable de me défendre tout seul.

Pourquoi ai-je si peur ? Parce que je me sens vraiment pathétique.

Sa voix se mêle à celles des autres hommes... sont-ils ici, de nouveau ? Je n'en suis pas sûr. Normalement non puisqu'il est là, mais peut-être qu'il ne nous protégerait pas quand même.

La porte du placard s'ouvre. Je me blottis tout au fond, acculé au mur, n'ayant nulle part ailleurs où me cacher.

• ——— •

Je me réveille en sursaut, hurlant seul dans la pièce vide. Ça va bientôt faire trois jours d'affilée que je suis enfermé dans cette chambre et personne n'a appelé, personne n'est venu frapper à ma porte. Du coup, j'ai pu avancer dans mon travail. Je n'ai pas envie de me précipiter vers elle. Je n'ai pas envie de voir Zed ni les autres. Eux non plus ne sont pas venus vers moi.

Voilà ce qui arrive quand on est invisible : personne n'en a rien à foutre de vous, et vous n'en avez rien à foutre des autres.

J'attrape mon t-shirt noir crasseux sur le sol près de mon lit et m'en sers pour essuyer mon visage ruisselant de sueur. Mes cheveux sont trempés et ma vision est floue, mélangeant le passé au présent, et gardant mon avenir inexistant hors de ce bordel, pour l'instant.

Je suppose qu'« inexistant » n'est pas tout à fait correct. Je deviendrai l'un de ces hommes qui travaillent trop, baisent trop et retrouvent une maison vide en rentrant le soir. Je gagnerai bien ma vie, achèterai une maison encore plus grande que celle de Ken et ne l'y inviterai jamais. Comme Don Draper dans la série *Mad Men*. Juste pour prouver quelque chose.

Je ne sais pas quoi, mais cette chose est là. Quelque part.

Je me casse de ce lit dès aujourd'hui.

• ——— •

LORSQUE J'ARRIVE SUR LE CAMPUS, je pars immédiatement à la recherche de Tessa. Ça va faire un petit moment que je ne l'ai pas croisée. Je me demande si Zed l'a vue... A-t-il gagné des points pendant que je m'étais isolé ? Nous sommes en milieu de matinée, donc elle devrait sortir du cours de littérature. À moins qu'elle ait séché...

Comme si c'était possible. J'arrive au bâtiment juste au moment où le cours se termine, et à temps pour la voir sortir de la classe. Ses cheveux ont l'air différents. Elle les a juste coupés, on dirait. C'est joli. Presque pareil, mais la différence est suffisante pour que je le remarque. Je me demande si quelqu'un d'autre s'en est rendu compte... mais quand je vois son acolyte Landon marcher à ses côtés, je comprends qu'*évidemment* lui, a noté la différence.

Je marche derrière eux et lance :

– Tu t'es fait couper les cheveux, Theresa.

Surprise, elle se retourne et me salue rapidement.

– Salut, Hardin.

Elle accélère le pas et ses chaussures plates font des petits couinements sur le sol carrelé. Pourquoi est-elle si pressée ?

Et soudain je comprends : elle ne veut pas que son petit copain angélique ici présent apprenne qu'elle m'a embrassé. Qu'elle s'est pratiquement jetée sur moi.

Je prends son malaise comme un défi que j'ai envie de relever. Je lui demande avec un grand sourire :

– Tu as passé un bon week-end ?

En guise de réponse, elle attrape Landon par le bras, l'attire à elle et s'éloigne encore plus vite de moi en me criant par-dessus son épaule :

– Oui merci. Salut Hardin, à plus.

Ils sortent par la porte principale et je les laisse partir, mon désir pressant de la voir s'est dissipé.

Je décide de retourner à ma voiture et traverse le campus. Je réalise qu'aller en cours me semble trop difficile maintenant.

Quelques minutes plus tard, je tombe sur Zed assis sur un banc en face du bâtiment des sciences, une cigarette entre les lèvres.

Il lève les yeux vers moi, tout en exhalant la fumée.

– Hé.

Je ne sais pas si je dois m'asseoir ou continuer mon chemin.

– Hé.

– Tu as progressé avec la fille ?

Je mens.

– Ouais, un peu. Et toi ?

J'attends patiemment sa réponse tandis qu'il tire une autre taffe.

– Nan. Je me sens un peu bizarre par rapport à ça. Pas toi ?

– Nan.

Je lui réponds avec le mot qu'il utilise tout le temps. C'est toujours « nan » ceci et « nan » cela, comme si rien n'était jamais assez bien pour retenir son attention ou que tout était trop insignifiant pour qu'il prononce un vrai mot.

Zed hausse les épaules, et je décide de retrouver Tessa maintenant pendant qu'il reste ici à jouer les petites bites et à fumer trop de cigarettes. Je hais l'odeur des clopes – ça me rappelle la maison de ma mère. Enfant, je pouvais à peine respirer à travers l'épais nuage de fumée qui régnait dans notre salon. Et je peux presque encore sentir les traînées jaunes et collantes du goudron qui recouvrait le papier peint décoloré du salon.

Pour passer le temps, je m'arrête prendre un café mais finis par l'engloutir en moins de deux minutes. Le liquide me brûle la gorge. Je me demande pourquoi je suis aussi anxieux.

Après m'être levé sans but précis, je décide de me rendre au bâtiment de Steph tout en prenant mon temps sur le chemin pour regarder les gens s'affairer sur le campus. Des couples marchent main dans la main, des grosses têtes discutent en groupe, tout excités, une bande de sportifs BCBG se renvoient un ballon. C'en est trop.

Dans le couloir qui mène au dortoir, je repère les cheveux rouges de Steph. Elle lève la main :

– Hardin ! Tu me cherchais ?

– Pas vraiment.

Je jette un regard à l'autre bout du couloir, puis vers la porte de sa chambre.

– Ah, j'ai compris. Ok, je vais m'éclipser pour que tu puisses passer un peu de temps avec elle.

Elle rigole et ajuste son décolleté. Elle s'éloigne et alors qu'elle s'apprête à sortir, elle se retourne et hurle.

– De rien, connard !

– Pourquoi je devrais te remercier ?

Je marmonne tranquillement avant de toquer à la porte.

J'entends du papier se froisser et un livre se refermer. Mes pas se dirigent vers la porte et je vérifie mon haleine en soufflant dans mon t-shirt.

Qu'est-ce que je viens de...

– Steph n'est pas rentrée.

Tessa me lance ça aussitôt la porte ouverte. Bizarrement, elle ne me regarde pas une seule fois avant de retourner vers son lit – et ne me claque pas non plus la porte au nez. C'est un bon début.

– Je peux attendre.

Je me laisse tomber sur le lit de Steph et regarde du côté de la chambre qui appartient à Tessa.

– Fais comme tu veux.

Elle soupire avant de retourner se coucher et remonter la couverture sur sa tête comme une enfant

Je rigole en observant son corps immobile et me demande ce qui lui passe par la tête. Est-elle en train de pratiquer une sorte de rituel magique d'inversion censé me faire disparaître ou quelque chose dans le genre ?

Je pianote des doigts sur la tête du lit de Steph en espérant l'ennuyer suffisamment pour qu'elle m'adresse la parole. Aucune réaction. Mais quand une alarme se met à sonner quelques minutes plus tard, elle tend un bras sous sa couette pour l'arrêter.

Doit-elle se rendre quelque part ? Avec qui ?

– Tu vas quelque part ?

– Non. Je faisais une sieste de vingt minutes.

Au moment où elle se redresse, la couette retombe et révèle son visage empreint de dignité.

– Tu mets ton réveil pour être sûre que ta sieste ne durera pas plus de vingt minutes ?

Je rigole tout en rêvant d'avoir moi-même un peu plus de temps de sommeil parfois.

– Ouais. Ça te dérange ?

Je la regarde prendre ses livres et les poser soigneusement sur son bureau, dans l'ordre de son emploi du temps. Je ne suis pas censé comprendre pourquoi elle fait ça, pourtant c'est le cas. Il semblerait que je sache pas mal de choses sur elle après tout. Elle prend ensuite un petit classeur et le pose près d'une pile de livres soigneusement alignés.

Putain, ce qu'elle est maniaque. Je suis un peu déconcerté.

– T'as des TOC ou quoi ?

– Non Hardin. On n'est pas nécessairement fou parce qu'on aime les choses ordonnées. Il n'y a pas de mal à être organisé.

Elle est si condescendante. En fait, c'est une fille très désagréable, sous son apparence adorable. Je me marre à l'idée qu'elle s'imagine sûrement être absolument parfaite et distinguée alors qu'en réalité, elle a l'un des pires caractères que je connaisse. Elle critique les gens comme si c'était son job.

Je m'approche d'elle à la recherche d'un nouveau moyen de la déstabiliser. C'est si facile de la provoquer, ça ne devrait pas être compliqué. J'examine rapidement sa chambre impeccable, son lit parfaitement fait, couvert d'une soigneuse pile de papiers et de manuels. Bingo !

Je m'empare d'une pile de papiers sur son lit au moment même où son regard se pose sur moi. Elle baisse les yeux et essaie de réfléchir à un moyen de m'en empêcher. Elle tend la main pour les reprendre, mais je la provoque en levant le bras plus haut pour qu'elle ne puisse pas les atteindre. Alors que je me demande jusqu'où je dois poursuivre ce jeu, je reste bloqué sur sa respiration saccadée, sa poitrine qui se gonfle et sa lèvre tremblante de colère. Je sens une sorte d'excitation. J'ai envie d'aller plus loin. Pas trop pour la mettre en colère, mais juste assez pour l'embêter et la refaire craquer. Je balance les papiers en l'air et observe les pages blanches flotter dans la chambre avant de retomber en désordre sur le sol. Sa bouche est grande ouverte et ses joues rouges de colère.

– Ramasse-les !

Je lui adresse un petit sourire narquois et me demande si elle croit vraiment que je vais faire ce qu'elle m'ordonne sèchement. Peut-être, si elle acceptait de prendre ma queue dans sa bouche. Encore plus provocant, j'attrape une autre pile de papiers et les disperse sur le sol.

– Hardin, arrête !

Sa voix menaçante siffle dans l'air.

Je recommence, mais elle me surprend en me fonçant dessus et me pousse hors du lit.

– On dirait que tu n'aimes pas qu'on touche à tes affaires, hein ?

Je me moque d'elle pour la provoquer. Elle est *tellement* en colère maintenant, bien plus qu'une personne normale ne le serait pour un truc aussi futile. Elle hurle en me bousculant de nouveau :

– Non ! En effet !

Je me nourris de sa colère. Son énergie me fait sentir vivant. Je suis aussi énervé qu'elle – et j'ai besoin de la posséder. Là, tout de suite.

Je lui fonce dessus, attrape ses poignets et la coince contre le mur. Elle me fixe, et à la manière dont ses yeux passent de la frustration à l'excitation, je sais qu'elle est sur le point de céder. S'il y a bien une chose que je sais à propos des femmes, c'est quand elles sont excitées. Et Tessa l'est clairement. Comme moi, la colère la fait vibrer. Elle me regarde dans les yeux avant de fixer ma bouche. C'est le signe qu'elle veut que ça arrive, je le sais. Elle a grave envie de moi.

Elle ne m'aime peut-être pas, mais elle est attirée par moi. J'ai envie de lui dire que *c'est réciproque.* Je la fixe à mon tour et veux lui exprimer que je ne l'aime pas non plus, que cette chose entre nous n'est que pur désir. Que nous sommes sur la même longueur d'onde. Qu'il s'agit juste d'un comportement pulsionnel – un degré très élevé de désir, certes, mais du désir quand même.

– Hardin, s'il te plaît.

Elle chuchote, sa voix est faible. Elle me supplie de partir et de l'embrasser à la fois. Je le sais parce que j'ai moi-même envie de m'enfuir le plus loin possible de cette fille. Mais je reste là, les yeux rivés sur sa bouche. Sa poitrine se gonfle en mouvements frénétiques. Je me colle à elle. J'ai juste besoin de la toucher. Au moment où mes doigts effleurent sa peau, elle pousse un soupir. Elle me fixe et attend. Je relâche mon étreinte mais utilise mon autre main pour saisir ses deux poignets en même temps. Le bout de sa langue pointe derrière sa lèvre inférieure, et je perds tous mes moyens. Son chuchotement est si faible, si fragile, que je ne suis pas sûr qu'elle réalise l'avoir fait. Je l'ai entendu, pourtant. Je l'ai entendu, et j'en suis bouleversé.

Je presse mon corps contre le sien et la plaque doucement contre le mur. Elle gémit au contact de ma bouche et ses bras glissent sur mes épaules. Sa langue épouse la mienne et bouge au même rythme que mes lèvres qui réclament les siennes. J'attrape le haut de ses cuisses et l'attire vers moi. Je la tiens contre moi et mon cœur bat si vite, putain. Elle m'excite tellement que je ne sais pas si j'arriverai jamais à m'arrêter. Le corps de Tessa est toujours accroché au mien, et sa bouche ne se décolle pas lorsque je nous dirige vers son lit.

Tessa tire mes cheveux et ça me rend complètement dingue. J'ai l'impression que chaque parcelle de mon corps a été dispersée à travers la petite chambre ; puis elle gémit. Sa respiration devient saccadée, entrecoupée d'incontrôlables râles. Je me rassieds sur son lit et l'entraîne avec moi. Je la déplace de manière à ce qu'elle se positionne sur mes genoux, tout en conservant mes mains sur ses hanches pleines. Je sais que mes doigts s'enfoncent dans sa peau, signe que mon corps essaie de comprendre ce qui lui arrive. J'ai déjà fait ça avant. Un milliard de fois, putain ! Alors pourquoi ne puis-je pas me contrôler cette fois ? Avec elle, je n'y arrive pas.

– Putain.

Je murmure en sentant ma queue forcer dans mon jean.

Je retire mes mains de sa taille et tire sur le bas de son t-shirt ; elle gémit. Je décolle ma bouche de la sienne pour le lui enlever. Mon regard se pose sur ses yeux, ses lèvres pulpeuses et sa poitrine. Ses seins sont serrés dans un soutien-gorge noir : pas de dentelle, pas de paillettes, rien de spécial. Juste un basique noir. Si innocent, si simple et normal qu'il en devient étrangement attirant. Je mordille ma lèvre et prends sur moi pour ne pas l'arracher de son corps tout doux. Ses seins volumineux et gonflés débordent du tissu. Je remarque un grain de beauté, là, juste sous son décolleté. J'ai envie de l'embrasser. J'ai envie de couvrir son corps entier de baisers et de la goûter avec ma langue pour la faire jouir.

– Tu es si sexy, Tess.

Je souffle sur ses lèvres, dans sa bouche. Elle couine et j'accueille ce son incroyable.

Elle remue de plus en plus fort contre mon corps et je sens que j'ai de plus en plus de mal à me contrôler. Je passe mon bras derrière son dos et l'attire encore plus près de moi.

Soudain, Tessa saute brusquement de mes genoux et attrape son t-shirt. La transe dans laquelle nous étions se rompt immédiatement tandis qu'elle remet son t-shirt et tire dessus pour couvrir son corps. Ce n'est qu'à ce moment-là que j'entends la porte s'ouvrir.

Comment a-t-elle fait pour l'entendre ? – n'était-elle pas aussi impliquée que moi ? Jamais je n'aurais pu m'arrêter. Même si sa flic de mère et Monsieur Beaugosse étaient rentrés dans cette pièce.

Mais non, c'est Steph qui se tient là et fait semblant d'avoir l'air choquée. J'ai déjà vu ce regard avant, et je me demande aussitôt si Zed ne l'a pas payée pour venir nous interrompre.

J'espère que Tessa n'est pas assez naïve pour l'apprécier ou croire qu'elle est son amie. La personnalité de Steph est encore plus fausse que la couleur de ses cheveux. Les mains sur les hanches, elle déclare :

– Putain, j'ai raté quelque chose ?

Je réponds en me levant :

– Rien de mémorable.

Steph m'adresse un clin d'œil pendant que Tessa fixe le mur, évitant mon regard.

Sans me retourner, je quitte la chambre.

Je ne peux rien dire de plus, sinon j'explose.

Ma poitrine est en train de me brûler et mon cœur cogne incroyablement fort. J'ai l'impression de devenir fou.

En pleine transe, je rentre à la maison, m'enferme dans ma chambre et décide de prendre sur-le-champ la douche la plus longue de tous les temps pour essayer d'oublier combien cette fille étrange et prude me rend dingue. C'est en train de devenir un vrai bordel. Ce n'était pas censé se dérouler comme ça. Je n'étais pas supposé avoir envie de sa bouche autant que de son âme. Ni penser à des trucs comme la sentir tout étroite quand je m'introduirai dans son corps tout doux. Je n'étais pas censé prendre mon pied en imaginant ma main dans la sienne.

J'étais simplement supposé obtenir ce que je voulais, gagner le pari et avancer dans ma foutue vie.

Au bout d'un moment, l'eau commence à refroidir et je pose un pied sur le carrelage glacé. En ouvrant l'armoire où se trouvent les serviettes, la bouteille d'alcool brun cachée à l'intérieur par je ne sais qui me sourit et me rappelle le pouvoir qu'elle avait sur moi. J'ai résisté tout ce temps avant d'être attiré par cette armoire – pourquoi maintenant ? Quelque part, j'espérais que l'un des mecs de la maison l'aurait terminée depuis. Mais, secrètement, j'espérais aussi que personne ne le ferait.

J'ai ce maudit besoin de tout contrôler dans ma vie. Jusqu'ici, depuis que j'ai arrêté de boire, j'ai fait un putain de travail sur moi afin de rester conscient et maître de mes pensées et de mes actes ; mais les yeux gris de Tessa n'arrêtent pas de me fixer. Et son esprit brillant ne cesse de me supplier de déverrouiller encore plus ses secrets.

La bouteille m'appelle, je claque la porte de l'armoire.

Je suis toujours en pleine possession de mes moyens.

Je ne laisserai pas Tessa ou cette putain de bouteille me contrôler.

Je ne laisserai pas ça arriver.

Je fixe le plafond et atteins finalement mon lit. Je sais déjà que cette nuit va être longue.

• ——— •

C'EST SOMBRE, SI SOMBRE dans ce placard. J'en ai assez de me cacher ici, mais je n'ai nulle part ailleurs où aller. Les cris de ma mère ne s'arrêtent pas, et je n'arrive pas à la trouver, peu importe le nombre de fois où je l'ai cherchée en bas. Je l'entends, mais je ne la vois pas. Je les ai vus, pourtant, les hommes. Je les ai vus et j'ai entendu leur voix résonner à travers les murs de cette petite maison, à l'intérieur de ma tête.

Les portes du placard s'ouvrent, et je recule. J'espère qu'ils ne m'ont pas vu. Mais quelque part, j'aimerais que l'un d'eux arrête simplement les cris de ma mère dans ma tête.

Une main se glisse à travers le petit espace, et je cherche autour de moi autre chose qu'un cintre pour me défendre. Une voix douce s'élève dans l'obscurité :

– Hardin ?

Le vêtement suspendu au milieu bouge légèrement, et elle s'avance en me fixant.

Tessa.

C'est elle ? Comment ?

– N'aie pas peur, Hardin.

Elle vient s'asseoir près de moi. Son corps est si chaud et si rassurant. Une fleur est posée derrière son oreille. Elle attrape mes mains. Ses petits ongles sont incrustés de saleté et son odeur me fait penser à un magasin de fleurs ou à une serre.

Les cris de ma mère ont cessé. Mon cœur s'apaise. Il passe de la panique à un rythme plus calme tandis qu'elle enveloppe mes mains des siennes.

LE TEMPS d'arriver au campus, la caféine qui s'est diluée dans mon corps a aiguisé ma vue et m'aide à oublier le rêve tordu de la nuit dernière.

Que faisait-elle là ? Pourquoi rêverais-je de Tessa ? Ce n'était même pas la Tessa de maintenant ; c'était une version jeune d'elle, avec des joues rondes, des yeux brillants et une féminité rassurante. C'était bizarre – vraiment bizarre, putain – et je n'ai pas aimé.

J'ai aimé dormir, pourtant. J'ai adoré être capable pour une fois, de passer une vraie nuit dans ma putain de vie. Et aujourd'hui je me sens... eh bien... reposé ? Merde ! Plus calme du moins.

Au cours de littérature, je prends place au premier rang, près de deux sièges vides. Je regarde à l'avant de la salle et attends que le cours commence. Je résiste à l'envie de surveiller la porte, en attendant qu'elle arrive.

Quelques minutes plus tard, je me retourne enfin pour voir Tessa et Landon entrer. Elle sourit et n'a d'yeux que pour lui. Elle a développé une amitié avec ce gamin qui va au-delà de ce que j'aurais pu imaginer.

Je n'étais pas surpris qu'ils aient des atomes crochus... mais je n'aurais jamais imaginé que l'amitié de Landon devienne une plus grande menace que la compétition avec Zed pour le pari.

13

– Ceci est notre dernier cours consacré à *Orgueil et préjugés*. J'espère que vous avez tous apprécié ce roman et puisque vous avez tous lu la fin, notre débat d'aujourd'hui portera sur l'utilisation du pressentiment chez Jane Austen. Diriez-vous que le lecteur s'attend à ce qu'Elizabeth et Darcy forment un couple à la fin ?

La main de Tessa se lève instantanément pour répondre au prof tandis que je m'enfonce dans mon siège. Elle n'en rate pas une pour faire la Mademoiselle-je-sais-tout. Tout comme Landon... le parfait petit couple d'Américains.

– Mademoiselle Young.

Le prof la désigne, et je vois son visage s'illuminer. Elle aime tellement rendre les autres heureux et leur faire plaisir. Je pourrais faire tourner ça à mon avantage, sans aucun doute.

J'interromps mon monologue intérieur et attends avec impatience son discours sur ce bon vieux *O & P*. Si elle est aussi brillante que je le crois, cela devrait être intéressant.

– Eh bien, la première fois que j'ai lu le livre, j'étais impatiente de savoir s'ils seraient réunis à la fin, ou pas.

Sans blague. J'étais sûr qu'ils finiraient ensemble. Dès leur première rencontre, c'était écrit. Comme je suis certain que Tessa et le parfait petit Landon auront une relation idyllique.

– Même maintenant, et je l'ai lu au moins dix fois, je suis toujours angoissée au début de leur relation. Monsieur Darcy est si cruel et prononce des mots si haineux à propos d'Elizabeth et de sa famille que je ne sais jamais si elle pourra lui pardonner, et encore moins l'aimer.

Tessa affiche un sourire victorieux, les mains soigneusement repliées sur son livre. Elle n'attend qu'une chose, que le prof lui caresse la tête et lui dise à quel point elle est une merveilleuse petite élève. Landon la regarde, ébloui, comme si elle était sur le point de se transformer en arc-en-ciel et de faire jaillir des paillettes colorées de ses doigts.

Je vais les faire redescendre sur Terre.

Parle, Hardin.

Ma voix reste coincée dans le fond de ma gorge. Tout ce que j'ai à faire, c'est prononcer quelques mots. Je me souviens des paroles de ma mère. Elle me disait toujours de ne pas m'inquiéter :

« Respire, Hardin. Tu peux t'exprimer devant du monde. Plein de gens sont anxieux en société, Hardin. Tu n'as pas à en avoir honte. »

Mais moi, je ne suis pas phobique social. Je n'aime pas les gens, c'est tout.

– C'est n'importe quoi.

Ma voix rompt le silence.

– Monsieur Scott ? Vous voulez ajouter quelque chose ?

Le professeur a l'air visiblement étonné de ma participation.

– Oui...

Je me penche sur mon siège. Le visage de Tessa devient livide ; elle est choquée mais tente de le cacher.

– J'ai dit, c'est n'importe quoi. Les femmes veulent toujours ce qu'elles ne peuvent pas avoir. La muflerie de Darcy, c'est justement ce qui attire Elizabeth, c'est donc évident depuis le début qu'ils vont finir ensemble.

À peine ai-je terminé de prononcer ces mots que je baisse les yeux et arrache nerveusement les petits bouts de peau rose autour de mes ongles.

– Ce n'est pas vrai, les femmes ne veulent pas toujours ce qu'elles ne peuvent pas avoir.

Tessa s'esclaffe. Je la regarde aussi gentiment que je le peux.

– C'est seulement parce qu'il est trop fier pour admettre qu'il aime Elizabeth que Monsieur Darcy se montre désagréable avec elle. Une fois qu'il cesse ce jeu, elle comprend qu'il l'aime réellement.

Comme pour ponctuer son discours enflammé, elle donne un grand coup sur son bureau avec sa main tremblante. Tout le monde dans la salle a les yeux rivés sur nous. La sœur de mon pote Dan assise au premier rang m'adresse un large sourire.

Je sens le regard des autres élèves qui me scrutent. Je dois répondre quelque chose. Il faut que je parle.

– Je ne sais pas quel genre de type t'attire en général, mais je pense que si Darcy l'aimait, il ne se montrerait pas si odieux avec elle.

Tout comme je suis certain que son petit ami actuel et le prochain, Landon ici présent, ne se comporteraient pas ainsi. Ils ne la provoqueraient pas.

– La seule raison de sa demande en mariage, en fin de compte, c'est qu'elle n'arrête pas de se jeter à ses pieds.

Elizabeth s'est-elle vraiment jetée aux pieds de Darcy? Non, c'est tout le contraire.

Tessa se jette-t-elle à mes pieds? Là non plus, c'est tout l'inverse.

Mais je ne pouvais pas la laisser remporter ce duel comme ça.

– Elle ne se jette pas à ses pieds! Il la manipule pour qu'elle le trouve attirant et il profite de sa faiblesse!

– Il la « manipule » ? Tu n'as rien compris, elle est...

Je m'interromps. Mes idées se mélangent et perturbent mon discours.

– Je veux dire, elle en a tellement marre de cette vie monotone qu'elle cherche un peu d'excitation, et elle *se précipite* sur lui.

Je marque une pause, un peu choqué d'avoir *hurlé* ces mots. À tel point que mes mains deviennent bleues tant je m'agrippe aux coins du vieux bureau.

– Oui, eh bien, si ce n'était pas un tel dragueur, il aurait pu l'arrêter la première fois au lieu de venir la retrouver dans sa chambre !

À peine sa phrase terminée, des murmures et des ricanements se font entendre et indiquent que tout le monde dans cette pièce est complètement captivé par le spectacle. On aurait dû accrocher sur la porte, dans le couloir, un panneau avec l'inscription LECTURE VIVANTE.

Dragueur ?

J'ai peut-être couché avec pas mal de filles sur le campus, commis bien plus d'erreurs qu'elle et oublié la moitié d'entre elles, mais au moins je ne suis pas une chichiteuse, arrogante et snob. Imaginez un peu si je lui renvoyais cette insulte ?

– Je vous remercie pour ce débat très animé. Je pense que nous pouvons clore la discussion là-dessus...

Le prof semble paniqué et visiblement soucieux que ces débordements émotionnels aient troublé le déroulement de son cours.

Tessa attrape son sac à la volée, le presse fort contre sa poitrine et se rue vers la sortie. Landon reste immobile sur son siège, perplexe comme toujours face à une situation stressante. Certainement parce que sa vie a toujours été si tranquille. Sa mère lui préparait sûrement, tous les matins avant d'aller à l'école, des muffins frais saupoudrés d'amour.

En ce qui me concerne, je me nourrissais de Cheerios rassis et devais renifler la bouteille de lait pour m'assurer qu'il n'était pas périmé. Il n'existe pas de manuel scolaire ou de mode d'emploi pour expliquer ce que Tessa et moi sommes en train de faire.

Je me barre du cours à mon tour. Tessa ne peut tout de même pas fuir à chaque conflit. Comme d'habitude, elle n'en fait qu'à sa tête. Je l'interpelle :

– Tu ne vas pas t'échapper cette fois, Theresa !

Tout le monde dans le couloir regarde dans ma direction ; mais elle continue d'avancer et je dois lui courir après pour la rattraper. Juste au moment où elle s'apprête à sortir, je l'empoigne par le bras et l'immobilise. Elle se dégage brusquement et je relâche mon étreinte.

– De quel droit tu me touches tout le temps comme ça ? *Si tu m'attrapes encore une fois le bras, je te flanque ma main sur la figure !*

Elle hurle et son ton est furax.

Je la saisis de nouveau par le bras. Curieusement, elle ne sourcille pas.

– Qu'est-ce que tu veux, Hardin ? Me dire à quel point je suis pathétique ? Te moquer de moi pour être tombée dans le panneau encore une fois ? J'en ai vraiment marre de ce petit jeu. Je ne joue plus...

Son pied frappe le sol frénétiquement à mesure que les mots sortent de sa bouche, et ses mains s'agitent dans les airs comme d'habitude. Ça m'amuse, cette manie qu'elle a de s'exprimer avec les mains.

Elle n'en finit plus de déblatérer. Franchement, je ne sais même pas de quoi elle parle. Elle est tellement furieuse, et excédée, qu'elle pète un plomb. Avec Landon, elle est détendue et tout sourire. Avec moi, elle est stressée et enragée. Ses yeux brillent – de colère ou de tristesse, je ne sais pas vraiment, mais au moins je sais que j'arrive toujours à déclencher de vives réactions chez elle.

– Je fais vraiment ressortir le pire en toi, c'est ça ? Je n'essaie pas de jouer avec toi.

Mes doigts triturent le petit trou en bas de mon t-shirt noir.

Je vois les étudiants nous fixer et je passe ma main dans mes cheveux. Pourquoi tout est toujours si *dramatique* avec elle ?

Tessa se frotte les tempes.

– Alors quoi ? Tes sautes d'humeur me donnent la migraine.

Je la saisis doucement par les bras afin de capter son attention. Elle ne résiste pas et je l'entraîne donc dans une petite ruelle entre deux bâtiments, loin des badauds. Je ne veux pas que qui que ce soit entende notre conversation, ni que quiconque la stresse, sinon elle risque de reprendre son expression de « fille parfaite ».

Je l'observe et admire sa quiétude. Elle paraît si calme, si impassible, malgré la proximité de nos corps. Je perçois une faille dans son armure quand ses yeux rencontrent les miens. Elle déglutit et ses lèvres tremblent.

– Tess, je... je ne sais pas où j'en suis. C'est toi qui m'as embrassé en premier, je te rappelle.

Je lui dis cela même si, depuis, je pense chaque jour au goût de ses lèvres. Elle a fait le premier pas et je m'en servirai toujours comme d'un argument victorieux. Ses yeux fixent le sol, de honte.

– Ouais... mais je te rappelle que j'étais ivre. Et hier, c'est toi qui m'as embrassée en premier.

Jamais elle n'admettra qu'elle avait envie de moi. Son déni m'agace de plus en plus. J'ai bien senti la manière dont elle s'abandonnait sous mes baisers.

Elle me déteste peut-être, mais pas son corps.

– Ouais... mais tu ne m'as pas arrêté... ça doit être épuisant, non ?

Je m'interromps une seconde et vois ses yeux s'agrandir de surprise.

– Qu'est-ce qui doit être épuisant ?

Elle relève le menton en signe de défi.

– De faire comme si tu n'avais pas envie de moi, alors que nous savons toi et moi que c'est le contraire.

Je m'approche plus près, l'amenant à toucher le mur derrière elle. Elle reste immobile, comme si son corps réalisait enfin ce dont elle avait envie. En essayant de rester calme, elle me répond :

– *Quoi ?* Je n'ai *pas* envie de toi. J'ai un copain.

Je lui adresse un petit sourire.

– Un copain qui t'ennuie. Admets-le, Tess. Pas à moi, mais à toi-même. Il t'ennuie.

J'insiste en prononçant chaque mot lentement et en approchant mon visage plus près du sien.

Ses yeux sont rivés sur ma bouche ; bien sûr. Elle pèse le pour et le contre. Elle est sûrement en train de penser à la manière dont je l'ai embrassée car elle caresse doucement ses lèvres. Elle est coincée ici, avec moi. Son désir et sa curiosité sexuelle dévorante ne lui permettent pas de s'enfuir. Pas cette fois.

– Est-ce qu'une fois il t'a fait ressentir la même chose que moi ?

Je place cette dernière phrase en appuyant lourdement sur chaque mot, vraiment curieux d'entendre sa réponse.

– Q... Quoi ? Bien sûr que oui.

Elle essaie de se convaincre, mais je n'y crois pas. Elle semblait plus authentique en parlant d'un roman que maintenant, sur la capacité de son adorable copain à lui donner du plaisir.

– Non... c'est faux. Je suis sûr qu'on ne t'a jamais caressée... *pour de vrai.*

Ses lèvres se sont entrouvertes. Je peux presque entendre son cœur cogner dans sa poitrine. Je me demande ce qu'elle voit à travers ses yeux. Se rend-elle compte que sa respiration saccadée et ses lèvres charnues me rendent fou ? Voit-elle dans mes yeux que j'ai très envie d'agripper ses cheveux, de tourner son visage vers moi et de l'embrasser ?

Son corps le ressent, son corps le sait.

– En quoi ça te regarde ?

Elle n'est peut-être pas capable de se l'avouer. C'est ce qui arrive quand on porte un masque aussi longtemps qu'elle. Il devient pratiquement impossible de le retirer. Ou alors, c'est elle qui se sent invisible.

– Tu n'imagines pas ce que je pourrais te faire ressentir.

Je m'approche plus près. *Laisse-moi te convaincre, laisse-moi te montrer,* j'ai envie de la supplier.

Son dos touche de nouveau le mur. Elle cherche autour d'elle une issue, un moyen de s'écarter de moi. Elle respire de plus en plus fort et semble clairement troublée par moi. Enfin.

– Tu n'as pas besoin de le dire, en fait. Je le sais.

Elle soupire – un son qui semble innocent comme ça, mais moi je sais. Je sais qu'elle a envie de plus ; son esprit et son corps n'aspirent qu'à ça.

– Ton pouls s'accélère non ? Tu as la bouche sèche. Tu penses à moi et tu ressens cette sensation... là *en bas.* Pas vrai, Theresa ?

J'imagine son corps nu, étendu sur le mien, mes doigts glissant jusqu'à sa chatte humide.

Elle prend une grande inspiration et tente de détourner son regard, mais échoue lamentablement.

– Tu as tout faux.

Mais elle sait que j'ai raison.

– Je ne me trompe jamais. À ce sujet, en tout cas

Je souris.

Tessa hésite et ramène une mèche de cheveux derrière son oreille. Elle inspire profondément, et je sais que j'y suis.

– Tu répètes que je me jette à tes pieds, mais là, c'est toi qui me coinces contre le mur.

– Mais c'est toi qui as fait le premier pas. Comprends-moi bien, j'en ai été tout aussi surpris que toi.

Je rigole.

– J'étais soûle et la nuit avait été longue, comme tu le sais. J'étais troublée parce que tu te montrais très gentil avec moi. À ta façon, je veux dire.

À ma façon? Je suis plutôt gentil avec elle d'habitude. Exceptionnellement gentil maintenant que j'ai une raison de l'être. Le pari apparaît dans un coin de ma tête, et je trouve que j'agis de manière bien plus douce que d'habitude.

Tessa se dégage de moi et s'assied sur le trottoir. Je regarde partout pour m'assurer que nous ne sommes pas épiés, mais personne ne semble faire attention à nous.

– Je ne suis pas si méchant que ça avec toi.

Je me demande si elle le pense vraiment.

– Si! Tu fais tout ce que tu peux pour être infect. Pas seulement avec moi, d'ailleurs. Avec tout le monde. Mais j'ai l'impression que tu es encore pire avec moi.

Infect? Je ne suis pas plus infect avec elle que je ne le serais avec un chaton. J'ai été sympa avec elle. Je plaisante:

– C'est vraiment n'importe quoi. Je ne suis pas pire avec toi qu'avec le reste des gens en général.

Elle ne me trouve pas drôle du tout. Si elle pouvait, elle m'enverrait valdinguer d'un revers de main.

Tessa se lève d'un bond.

– Je ne sais pas pourquoi je continue à perdre mon temps.

Elle s'apprête à partir. Je ne veux pas qu'elle parte, si ? Non. Je ne le veux pas. Je ne suis pas le meilleur quand il s'agit de s'excuser, surtout quand je sens que ce n'est pas justifié. Mais je dois arrêter de jouer au con et lui dire que je suis désolé. Elle se calmera assez vite dans ce cas. J'ai compris ça depuis longtemps.

– Hé, excuse-moi. Reviens, s'il te plaît.

J'emploie un ton autoritaire que les filles adorent. Elle revient vers moi, et je m'assieds sur le trottoir, là où elle se trouvait juste avant.

– Assieds-toi.

Je tapote la place près de moi. Elle râle un peu et s'assied. Elle croise les jambes en poussant un soupir. Je suis surpris par le calme qui m'anime dès qu'elle m'accorde son pardon. Je la taquine :

– Pourquoi tu t'assieds si loin ?

Elle me lance un regard noir avant de lever les yeux au ciel.

– Tu n'as pas confiance en moi ?

Je connais déjà la réponse. Bien sûr que non, mais elle aimerait bien. J'ai envie qu'elle me fasse confiance plus que je veux bien me l'avouer.

– Bien sûr que non, qu'est-ce que tu crois ?

Ses mots sont vifs et piquants. J'ai un mouvement de recul. Je n'ai pas confiance en *elle* non plus, mais elle n'est pas obligée d'être aussi tranchante dans ses réponses. Elle est forcément un peu attirée par moi ; sinon, nous ne serions pas en train d'avoir cette conversation. Elle doit bien ressentir quelque chose.

– Est-ce qu'on ne pourrait pas soit éviter de se rencontrer, soit être amis ? Je n'ai pas l'énergie de continuer à me bagarrer avec toi.

Je n'ai pas vraiment l'impression qu'on se bagarre ; on parle juste un peu plus que prévu. Je me dispute moins avec elle qu'avec Ken, et nous parlons plus. Ça veut bien dire quelque chose.

Nous y avons pris goût tous les deux. Ce serait bizarre de ne plus voir Tessa. Je me suis habitué à ses réflexions insolentes et à la manière dont ses yeux trahissent son désir. Sa fougue est contagieuse. J'y suis devenu addict, comme à une drogue.

– Je n'ai pas envie de t'éviter.

Je l'admets. Je hais le fait de devoir bien me comporter avec elle. Un simple petit mot de travers et elle se sauve.

J'aimerais croire qu'on s'est un peu rapprochés aujourd'hui. Que, peut-être, elle n'aura plus envie de s'enfuir si vite à l'avenir. J'ai l'impression de lui dire ce que je ressens, de me dévoiler comme jamais et de ne presque rien recevoir en retour. C'est comme si j'étais marié, mais sans les avantages : le sexe et les bons repas tous les soirs.

– En fait... je ne crois pas que nous puissions nous éviter puisque t'es la coloc d'une de mes meilleures amies. Donc, j'imagine qu'il ne nous reste plus qu'à essayer d'être amis.

J'ai un jeu à gagner dans cette histoire et elle ne me facilite pas la tâche.

– D'accord. Donc on est amis ?

Elle me demande ça comme si elle était en train de négocier une affaire. Je pourrais lui proposer de partager la moitié des gains avec moi. Ça marquerait un beau début à une resplendissante amitié.

Amis ? Des amis qui baisent ensemble, peut-être ? Putain d'amis.

– Amis.

Je lui tends la main pour qu'elle la serre tout en arborant un sourire malicieux et charmeur.

Elle l'attrape et secoue la tête. Elle se méfie quand même un peu de mes intentions, mais pas assez pour se tenir à l'écart.

– *Pas* « amis avec avantages en nature ».

Elle rougit. Je n'avais pas réalisé à quel point sa candeur pouvait être attirante, vraiment.

Je retire ma main pour jouer avec l'anneau dans mon arcade sourcilière.

– Pourquoi tu dis ça ?

– Comme si tu ne le savais pas. Steph m'a tout dit.

– À propos d'elle et moi ?

Elle était d'accord et voulait traîner avec moi. Steph a ses propres problèmes, comme tout le monde, mais elle, elle les assume sans les montrer au reste du monde, contrairement à Molly et moi. Je me demande ce qu'elle a bien pu lui raconter. Je suis sûr qu'elle a exagéré le récit de nos escapades. Steph a toujours voulu plus que ce que je ne pouvais lui donner. Elle recherche la compétition et ne comprend pas qu'on puisse lui dire non.

– Toi et elle, et toutes les autres filles.

– En fait, Steph et moi... on s'est éclatés.

Je lui souris et elle détourne le regard.

– Et, ouais, il y a des meufs avec qui je baise. Mais qu'est-ce que ça peut te faire, puisqu'on est amis ?

Je visualise alors Tessa comme l'une de ces filles, allongée sous moi, la bouche offerte au plaisir. Elle ferme les yeux et prend une grande inspiration. J'imagine lui voler son souffle pendant que je la fais jouir avec mes doigts et ma bouche. Je suis sûr que personne ne lui a jamais caressé lentement le clitoris avec la langue... Tessa interrompt mes pensées :

– Rien. Mais je ne veux pas que tu croies que je serai l'une d'entre elles.

Elle me provoque, mais cela ne fait qu'accentuer le fantasme dans ma tête.

– Ah... tu ne serais pas jalouse par hasard, Theresa ?

Elle me remballe encore.

– Pas du tout ! Je plains ces pauvres filles, c'est tout.

Tessa secoue la tête et je rigole. Elle ne devrait pas les plaindre – elle ne ressentirait que d'intenses vagues de plaisir, à un point qu'elle ne peut même pas imaginer.

– Ne te donne pas cette peine. Elles aiment ça, tu peux me croire.

Je ne peux m'empêcher de penser à son corps nu. Je dois voir ce qui se cache sous ces vêtements trop amples. Elle ne saurait plus où se mettre si je posais les mains sur elle.

– Ok, ok. J'ai compris. On peut changer de sujet ?

Tessa ferme encore les yeux et bascule la tête en arrière. Elle ajoute dans un murmure :

– Alors, tu vas essayer d'être plus aimable avec moi ?

– Mais oui. Et toi, tu vas essayer d'être moins coincée et teigneuse tout le temps ?

– Je ne suis pas teigneuse, c'est toi qui es odieux.

Nous éclatons de rire tandis qu'elle termine sa phrase. Son rire est doux. Il flotte autour de moi. J'ai l'impression d'être dans du coton, d'une manière étrangement cool.

Dans du coton ? Sérieusement, Hardin ?

Il faut que je rassemble mes esprits et relance cette Tirade de l'Amitié.

Je me penche un peu plus près de ma nouvelle amie.

– Regarde-nous, là, comme deux bons amis.

Tessa bascule en arrière, se lève et passe ses mains sur sa jupe. Je replonge dans mes fantasmes en imaginant la lui enlever.

– Cette jupe est vraiment affreuse, Tess. Si nous devons devenir amis, je ne veux plus la voir.

Bon d'accord, elle n'est pas si mal, mais pas super non plus.

Les yeux de Tessa clignent d'embarras et je souris pour ne pas la mettre mal à l'aise Je ne voulais pas l'insulter. Je me moquais gentiment d'elle. Si elle tient vraiment à porter des vêtements trop amples, libre à elle. Je porte bien toujours les mêmes jeans noirs et t-shirts tachés.

Le portable de Tessa se met à vibrer. Elle le récupère dans son sac.

– Je dois aller travailler.

Je jette un œil au vieux morceau de plastique dans sa main. On dirait un Nokia.

– Tu règles l'alarme de ton téléphone pour savoir quand tu dois travailler ?

Au moment où je lui pose la question, je réalise qu'elle a le portable le plus ringard du monde. C'est comme si elle *faisait tout* pour paraître démodée.

Elle n'assume pas son comportement, comme si cela l'embarrassait. Pourquoi ça ? Quelqu'un l'oblige peut-être à justifier son comportement un peu étrange. Sa mère, certainement. Ok, c'est aussi un peu ce que je suis en train de faire maintenant, mais cette femme a vraiment l'air psychorigide. Sa mère est tellement maniaque qu'elle programme sûrement des alarmes pour emmerder Tessa.

– Dans ce cas, tu devrais mettre une alarme pour qu'on fasse quelque chose de cool demain après les cours.

J'ai envie de passer du temps avec elle. J'en ai besoin.

Elle me regarde, les sourcils froncés par la confusion.

– Je ne suis pas sûre que ma définition de la coolitude soit la même que la tienne.

Elle n'a pas tort. Ma définition à moi est clairement divergente de la sienne. La sienne serait de réviser nos cours ensemble, des piles de notes et de gros manuels répandus sur le lit tout autour de nous. Anti-sexe à mort.

Mon idée de la coolitude est bien différente. Je serais assis sur un lit, ma tête adossée contre le mur, pendant que Tessa enroulerait ses lèvres autour de mon sexe. Le summum serait d'avoir à la main un verre de whisky frais avec un glaçon à la surface du liquide sombre qui retentirait contre le verre, tandis qu'elle m'aspirerait profondément dans sa bouche.

Je suis censé ne pas boire, en revanche. Donc je suppose que je me satisferais seulement de la pipe, sans le whisky.

Plutôt que de lui dire tout ça, je lui propose :

– Eh bien, on pourrait, genre, étrangler *seulement* un chat ou deux, ou mettre le feu à *seulement* un immeuble ou deux...

Tessa ne peut contenir son rire, et je souris. Un couple qui passe près de nous me distrait un instant. Ils se tiennent par la main et rigolent à une blague débile que le mec a racontée. Je n'ai pas compris tout ce qu'ils disaient, mais c'était forcément bidon vu qu'ils portent tous les deux les mêmes chaussettes à rayures. Ils montrent ainsi subtilement qu'ils sont en couple aux yeux des passants. Quelles conneries, vraiment. Tessa ne semble pas les avoir remarqués ; elle fixe le trottoir.

– Sérieux, ça ne te ferait pas de mal de t'amuser un peu et puisque nous sommes amis maintenant, on devrait faire quelque chose de cool tous les deux.

Et avant que Tessa n'ait le temps de refuser, je tourne les talons et m'éloigne.

– Super. Je suis content que tu sois d'accord. À demain !

En traversant la rue, je jette un œil derrière moi. Je la vois toujours assise sur le trottoir. Elle n'a même pas essayé de dire non. Elle a accepté de me voir demain, et maintenant je suis dans la merde. Putain, j'ai tellement cru qu'elle me dirait non plusieurs fois avant d'accepter que je n'ai prévu aucun plan.

Quand je monte dans ma voiture, j'essaie de réfléchir à ce que nous pourrions faire. Je ne sors quasiment jamais, hormis pour aller à des fêtes organisées chez les autres. En dehors de ça, je suis sur le campus ou dans ma chambre, seul.

J'allume le moteur et continue de me creuser la tête. Un film ? Quel genre de film aime Tessa ? Sûrement des adaptations tirées des romans de Nicholas Sparks. Je pourrais enrouler mon bras autour d'elle et lui acheter du pop-corn ou du chocolat hors de prix pour l'impressionner. Le problème avec le ciné, c'est qu'on ne peut pas discuter. Des gens se plaindraient, et je finirais par m'attirer des problèmes.

Les rendez-vous étaient nettement moins compliqués dans le temps. Si on avait vécu dans un roman d'Austen, je lui aurais fait la cour et elle aurait dû être escortée lors des rendez-vous dans la forêt où nous nous serions promenés. Et si je m'étais senti assez courageux, je lui aurais donné un baisemain. Elle aurait rougi et posé un doigt sur ses lèvres charnues, regardant du coin de l'œil notre chaperon avec une lueur d'avertissement dans ses yeux gris.

Les rencards modernes sont bien différents. Aujourd'hui, si j'étais assez courageux, je lui caresserais les tétons à travers son haut et elle dirigerait ma main entre ses cuisses, vers sa chaude intimité. Pas de chaperon, pas de règles.

Je suis interrompu dans mes pensées par la sonnerie de mon téléphone.

Est-ce que Tessa a mon numéro ? En parlant de ça, j'ai besoin de récupérer le sien par l'intermédiaire de Steph.

Quand je vois le nom de Ken clignoter sur l'écran, je grince des dents mais réponds cette fois. Je suppose que je me dois de récompenser sa ténacité.

– Ouais ?

Je m'engage sur l'autoroute et coince mon portable entre ma joue et mon épaule. Le seul problème avec ma sublime Ford Capri 1970, c'est qu'elle ne me permet pas de me connecter au Bluetooth.

– Hum, Hardin, hé, bégaie-t-il.

Il ne s'attendait sûrement pas à ce que je réponde. Il m'appelle de temps en temps. Je suis sûr qu'il voit cela comme une bonne action de sa part. Il appelle pour « prendre des nouvelles », mais il sait que je ne réponds pas. Ainsi, il passe pour quelqu'un de bien, quelqu'un qui essaie de renouer avec son insolent de fils. Sa nouvelle petite amie doit l'encenser, le serrer fort dans ses bras et le rassurer.

« Il finira par venir un de ces jours, lui promet-elle certainement. Il est juste en colère pour le moment. »

Elle aussi serait en colère si elle l'avait eu comme père.

– Hé.

J'appuie sur le bouton du haut-parleur et pose mon téléphone dans le porte-gobelet.

– Comment vas-tu fiston ?

Il joue déjà avec mes nerfs.

– Bien.

Il se racle la gorge.

– C'est bon de t'entendre. Je voulais t'inviter à dîner demain soir. Karen prépare un poulet rôti, et nous aimerions beaucoup t'avoir avec nous.

Il veut m'inviter à dîner ? Pourquoi diable s'imagine-t-il que je puisse venir chez lui, manger un poulet avec sa nouvelle famille et parler de tout l'amour que nous avons les uns pour les autres. Plutôt crever, putain.

– J'ai déjà un truc prévu demain.

Je ne mens pas cette fois.

– Oh. Eh bien, tu pourras venir après. Karen prépare aussi un dessert.

– J'en aurai pour toute la nuit.

Je me demande quel temps il fera demain. Les nuages sont gris, comme toujours dans cet État pourri. Le soleil doit détester cet endroit – voilà pourquoi il fait gris et il pleut tout le temps. Je préfère demander à Ken au lieu de regarder les prévisions météo :

– Il pleut demain ?

– Non, c'est censé se réchauffer pendant la nuit et il ne pleut pas jusqu'à la semaine prochaine.

Si j'avais une relation normale avec cet homme qui a contribué à ma création, je lui demanderais des suggestions pour mon rendez-vous. Pourtant je ne le fais pas. Je ne peux pas.

Je n'attends rien d'autre de cet homme que juste de savoir quels sont les papiers à remplir pour l'université et à quel moment. Nous n'avons rien en commun et ne sommes pas assez proches pour que je puisse ne serait-ce qu'envisager de lui demander des conseils pour un rendez-vous.

Vance aurait-il quelques idées ? Je préfère lui demander à lui plutôt qu'à n'importe qui d'autre.

– Je dois y aller.

À peine ai-je raccroché que je cherche déjà Vance dans mon répertoire.

Il répond au bout d'une sonnerie.

– Hardin, comment tu vas ?

– T'aurais un endroit à me recommander où emmener quelqu'un ?

Ma voix sonne bizarrement et je prononce ces mots à toute vitesse.

– Dans les catacombes par exemple ?

Il rigole au bout du fil. Il est con, mais ça me fait sourire.

– Non, pas cette fois. C'est pour sortir avec quelqu'un.

J'essaie de lui faire comprendre sans évoquer Tessa.

– Un rencard donc ?

– Non, pas vraiment. Mais quelque chose dans le genre.

Je ne sais pas comment nommer ce rendez-vous avec Tessa. Ce n'est pas un rencard. Puisque nous sommes amis.

Amis jusqu'à ce que je la baise, je me rappelle à moi-même.

Elle est si prude. Elle porte des vêtements mal ajustés et ne dit jamais de gros mots. Où pourrais-je l'emmener pour qu'elle s'ouvre à moi ? J'essaie de rassembler mes meilleurs souvenirs depuis que j'ai emménagé à Washington.

Le ruisseau près de la route 75 est sympa. Ça pourrait le faire s'il fait beau. L'eau est assez transparente et on peut y voir les rochers. Tessa nagerait-elle dans un ruisseau à peu près propre ? Probablement non, mais je peux tenter.

– Eh bien, je trouve qu'il n'y a rien de mieux que la nature.

Et soudain, je réalise que je n'ai pas pensé au pari depuis plusieurs heures.

14

La première fois qu'il se retrouva seul avec elle, il sentit quelque chose vibrer en lui. Il pensait pouvoir combattre la sensation que, peut-être, il s'adoucissait un peu, et pas seulement avec elle mais avec tout le monde... c'était certain. Toute sa vie, il l'avait passée seul et il était devenu maître dans l'art d'éviter toute forme d'intimité, en dehors du sexe. Il n'avait pas besoin d'amis et n'avait pas eu une vraie famille pour lui apprendre à échanger avec les gens. Il aimait être comme ça, renfermé – la vie était plus simple ainsi. Il se sentit étouffé lors de sa première rencontre avec elle, mais plus le temps passait, plus il ressentait quelque chose de différent, quelque chose qui pourrait tout changer. Il se fit alors la promesse de s'en tenir à ce statu quo.

Il était habitué à une solitude maîtrisée, et elle était en train d'y semer le chaos.

Le soleil se lève, et j'ai à peine dormi la nuit dernière. Ce ne sont même pas mes foutus cauchemars qui m'ont tenu éveillé ; c'est Tessa.

Elle était là quand j'ai fermé les yeux. Mais pas comme je l'aurais souhaité. Au lieu d'être nue et de gémir de plaisir parce que je m'introduisais en elle, elle était furieuse et contrariée par notre excursion au ruisseau. Dans une scène digne d'un film d'horreur, mis en scène par mon esprit pervers et fatigué, elle se cognait l'orteil, puis se lamentait tout l'après-midi. Dans une autre, elle s'ennuyait tellement qu'elle demandait à son petit ami de venir au campus la récupérer. Lorsqu'il arrivait, on aurait dit qu'il n'était *qu'un cardigan.* Un cardigan géant, terrifiant et ridicule à la fois.

C'est frustrant, tout ce temps perdu à penser à cette fille. Plus rien de tout ça n'aura d'importance dans un mois ou quelque. Si ce « rendez-vous » se passe bien, j'espère remporter le pari dans moins de deux semaines... Putain, si j'arrive à la séduire, peut-être même pendant le rendez-vous au ruisseau...

L'alarme de mon portable retentit dans la pièce et je me traîne hors du lit pour l'éteindre.

C'est le grand jour. Mon cerveau est en pleine ébullition, et je n'en peux déjà plus de me foutre la pression pour que le temps passé avec elle joue en ma faveur. Je devrais sûrement prendre une douche. En me déshabillant, je me demande brièvement ce qu'elle est en train de faire... Est-elle aussi stressée que moi ? J'imagine que oui ; elle est tellement coincée. Je suis sûr qu'elle m'a même carrément noté dans son emploi du temps dès l'instant où je lui ai proposé ce truc de l'amitié.

Après ma douche, je fouille dans mon tiroir pour trouver un t-shirt noir propre. Celui que j'attrape est froissé, mais il fera l'affaire. Puis je sors, et en démarrant la voiture, j'entends un bruit sous mon pied. Une bouteille d'eau vide se trouve sous la pédale d'accélération. Le son est si irritant que je ressors, encore à moitié endormi, pour trouver un endroit où la jeter.

J'aimerais vraiment avoir un meilleur sommeil.

J'arrive sur le campus un peu en avance et oublie accidentellement mon manuel, quelques notes et mon pull noir sur le siège arrière. Le temps de m'en rendre compte, j'ai déjà fait la moitié du chemin vers mon prochain cours. Pas question de faire demi-tour.

Lorsque je prends place en cours de littérature, les sièges de Tessa et Landon sont vides. J'en ressens d'ailleurs une certaine satisfaction. Elle est plus en retard que moi et je sais que ça va l'énerver. Il faut bien trouver du plaisir dans les choses simples, non ?

J'occupe mon temps à regarder successivement la porte et la liste de mes appels manqués et des textos de Molly, de Jace, ainsi que ceux de cette fille bizarre dont j'ai oublié le nom. Quand Tessa et Landon passent enfin la porte, ils sont en pleine discussion. *Elle* a l'air heureuse et reposée. Pas d'ombres violettes sous *ses* yeux ni de signes d'une nuit agitée de *son* côté.

– Tu n'as pas oublié notre rendez-vous de ce soir ?

Sa hanche frôle mon bureau. Le galbe de cette hanche est vraiment séduisant. La courbe sur le devant de la cuisse, et de chaque côté des hanches, est l'une des parties que je préfère dans le corps d'une femme – c'est juste trop sexy.

Tessa me répond avant de se tourner vers Landon :

– On ne peut pas appeler ça un rendez-vous. On va se balader en tout bien tout honneur, en amis.

– C'est pareil.

Je la regarde et observe son choix de tenue. Elle porte un jean assez moulant pour me laisser envisager la forme de ses cuisses et de son cul. *Putain.*

Évidemment, Tessa m'évite pendant tout le reste du cours. Je ne regarde pas non plus dans sa direction.

Après le cours, je n'arrive pas à entendre ce que Landon lui raconte – cet enfoiré parle trop bas – mais je l'entends lui répondre :

– Oh ! On essaie juste de s'entendre puisque ma coloc est une de ses meilleures copines.

On essaie juste de s'entendre, c'est bien ça ?

Je m'approche plus près de Mister Geek et de sa copine intello sexy. Le foutu polo de Landon est rentré dans son pantalon gris. Ce mec sait-il au moins qu'il est censé être un étudiant fauché ? Oh, attendez – il n'est pas fauché. Il vit dans une belle et grande villa pas très loin d'ici, avec l'homme qui techniquement se trouve être mon père, pendant que ma mère habite en Angleterre dans un trou à rats. Et ce que j'appelle mon chez-moi n'est autre que cette vieille bâtisse d'une fraternité étudiante blindée de gens débraillés qui se disent cool mais qui ne font rien pour aider leur merveilleuse communauté comme leur charte le stipule. Le petit copain de Tessa ferait sûrement partie d'une fraternité. Cheveux blonds, yeux bleus, mocassins, cardigans. Il serait une parfaite panoplie, vraiment.

Enfin, seulement s'il apprenait à boire, beaucoup, vraiment beaucoup...

Landon me regarde et n'essaie même pas de parler discrètement :

– Je sais. Tu es une fille super et je ne suis pas sûr qu'Hardin mérite ta gentillesse.

Vraiment ? Et je mérite quoi, Landon ? Un nouveau papa tout gentil qui n'aimerait pas l'alcool plus que son propre fils ?

Je lui réponds en essayant de garder mon calme :

– Tu n'as rien de mieux à faire que de déblatérer sur mon compte ? Va te faire voir, mec !

Si je lui disais vraiment le fond de ma pensée, Tessa annulerait sans aucun doute notre sortie.

Landon ne me répond pas ; il fronce juste les sourcils et continue de parler tout bas pour que je ne puisse pas l'entendre. Quand il s'en va, elle se tourne vers moi et m'incendie :

– Eh ! Pourquoi t'es aussi vache avec lui – vous êtes pratiquement frères tous les deux !

Pratiquement frères ? Dans quel monde de dingue vit cette meuf pour nous imaginer comme des frères, Landon et moi ? Je ne vois que deux étrangers qui partagent un lien avec un troisième étranger. Je lui demande en serrant les dents :

– Qu'est-ce que tu viens de dire ?

Tout ça parce que mon minable de père a ramené Landon et sa mère dans un manoir rempli de cookies au chocolat – attends... comment se fait-il que Tessa soit au courant ?

Je passe la main dans mes cheveux.

– Ben, tu sais, ton père et sa mère ?

Elle a l'air très gênée de me répondre ça. Elle secoue la tête et fronce les sourcils comme si elle venait tout juste de lâcher un secret.

Je regarde d'un air furieux en direction de la porte par où Landon vient de sortir, pour tenter de rattraper cet enfoiré. De quel droit parle-t-il de mes histoires de famille ?

– Occupe-toi de tes affaires. Je ne sais pas pourquoi ce con t'a parlé de ça. Je vais devoir le faire taire, on dirait.

Je fais craquer mes articulations en faisant abstraction de la douleur provoquée par la peau écorchée sur mes doigts constamment bousillés.

Elle me fixe du regard.

– Fiche-lui la paix, Hardin. Il n'avait pas l'intention de m'en parler, c'est juste sorti comme ça, sans le vouloir.

Une vraie Jeanne d'Arc, celle-là.

Donc, elle a des informations sur ma famille maintenant ? C'est pas juste ! Elle n'avait pas besoin de savoir quoi que ce soit sur moi. Ça va bien trop loin. Toute cette histoire.

– Alors, on va où? me demande-t-elle.

Elle est devenue trop proche de moi maintenant, sa curiosité l'a menée sur un terrain très personnel, et putain, je ne suis pas du tout d'accord. À tous les coups, elle a aussi enquêté pour qu'il réponde à d'autres questions sur moi : pourquoi je ne vis pas avec Ken et sa nouvelle famille, pourquoi je ne parle jamais à mon père – elle lui a sûrement demandé à quoi je ressemblais enfant, et Landon a dû lui balancer tout ce qu'il savait sur moi. Elle est déjà en train de se faire un avis sur moi, je le vois.

– On ne va nulle part. Ce n'était pas une bonne idée.

Et je la laisse plantée là.

Il ne faut pas qu'elle se rapproche davantage. Elle est trop envahissante et moralisatrice. Je n'en veux plus de tout ce merdier. Il faut que je reste loin de cette fille, putain.

Alors, je prends une décision.

Je vais rentrer à Londres. Chez moi, dans ma maison de merde, avec ma mère absente et mes potes défoncés. Là où ma vie n'avait pas de sens parce que j'en avais décidé ainsi.

Je ne peux plus supporter d'être transformé en mec obsédé par cette fille, qui ne pense qu'à elle, même la nuit, et qui construit sa vie autour d'elle.

Il est temps que je parte, que je l'oublie.

Le temps d'arriver à ma voiture, mon cœur bat la chamade et mes mains sont moites.

J'étouffe. Je baisse les vitres de la voiture pour avoir un peu d'air. La poignée se coince, je tire sur la tige en métal, frustré que cette sublime voiture soit si vieille. Quelques secondes plus tard, je récupère mon souffle et libère enfin ma place de parking. Je ne sais même pas ce que j'aurais fait si Tessa m'avait suivi.

Jamais je n'aurais imaginé en arriver là.

Je vais tout recommencer à zéro. Je monte dans ma voiture, décidé à m'enfuir loin de tout ce bordel.

∞

À SUIVRE...

REMERCIEMENTS

J'ai l'impression que les remerciements pour ce livre sont exactement les mêmes que ceux des précédents, mais les mêmes merveilleuses personnes m'ont aidée à les faire exister – alors merci à tous !

Adam Wilson, une fois de plus, je te remercie d'avoir travaillé si dur avec moi. La personne que tu es et la patience dont tu as su faire preuve avec moi m'ont tellement appris. Nous avons produit sept livres ensemble (dont la longueur s'apparente à dix) en une année, et c'est juste complètement dingue ! J'attends les trois prochains avec impatience J

Kristin Dwyer, t'es la meilleure, meuf ! Tu m'aides à rester organisée (autant que possible, sachant que je commence tout juste à noter les rendez-vous dans mon agenda). Merci pour tout !

Wattpad, merci d'être encore ma plate-forme à ce jour, d'être resté tels que vous êtes et de donner à des millions de gens l'opportunité de faire ce qu'ils aiment.

Ursula Uriarte, c'est complètement fou de penser que tu es rentrée dans ma vie en tant que blogueuse fan de mes livres et que tu es maintenant l'une de mes amies les plus proches. Même si je n'arrive toujours pas à épeler ton nom correctement, tu es tellement, *tellement* importante pour moi, et pour Hardin et Tessa. Tu les aimes autant que je les aime, et ça compte beaucoup pour eux. (Ils me l'ont dit !)

Vilma et RK, je vous aime tous les deux. Votre amitié est si précieuse à mes yeux. Vous m'avez enseigné les différentes étapes de la rédaction d'un livre et avez su m'écouter quand il m'arrivait de paniquer. Je vous aime tous les deux.

Ashleigh Gardner, merci, je n'aurais pas pu avoir meilleur agent, et amie !

Merci aux rédacteurs et à l'équipe de production qui ont travaillé si dur et dans un laps de temps aussi court.

Un immense merci à toutes mes maisons d'édition étrangères, des éditeurs aux publicitaires en passant par chaque personne entre ces deux groupes. Vous avez abattu tant de travail pour traduire et commercialiser mes livres à travers le monde et ça compte tellement pour moi et mes lecteurs. J'ai passé des moments incroyables à visiter tant de lieux différents et à rencontrer tant de lecteurs aux quatre coins de la planète.